夜不語
詭秘檔案

夜不語

詭秘檔案

夜不語

# 詭秘檔案

夜不語
# 詭秘檔案

夜不語

# 詭秘檔案107

Dark Fantasy File

# 風水 下

夜不語 著 Kanariya 繪

CONTENTS

# 楔子

「放棄吧，已經夠了。」

「不，她還有救，只要我們能湊夠錢，就能讓茵茵動手術。」

「但我已經受夠了！什麼見鬼的手術，妳仔細看看這個家，還有值錢的東西嗎？」

「我們可以向本家借。」

「沒人會借給我們的！」

男人歇斯底里地將女人壓在牆上，大聲吼道：「本家的人都是些王八蛋。老婆，妳清醒一點！地中海貧血症患者平均壽命只有八歲，茵茵現在已經七歲半了，就算這次手術成功，她也只活得了半年……放棄吧……」

昏暗的橘黃色燭光中，男人和女人就這樣對視著，許久也沒有言語。

「但她是我的女兒，我的女兒……我不要她死！」

女人捂住臉啜泣起來。

男人點燃一支煙，坐到床頭上，冷哼了一聲，「那個賠錢貨，幾年前我就告訴妳，早點把她扔了，妳就是不聽，看看，那雜種把好好的一個家折騰成什麼樣子！」

「我管不了那麼多了！醫生說過，茵茵弟弟的血型如果和她相同的話，就很有機會治癒她的病。」

女人低下頭，看了看已經有六個月身孕的高隆腹部，「只要再撐三個月，最多四個月，分娩以後，茵茵就有救了！」

「妳瘋了！」

男人將煙扔在地上，狠狠地搧了女人一耳光，「妳敗壞我的家產，我沒說什麼，沒想到妳為了那雜種，居然連我的兒子也想殺掉。」

他抓住女人的衣領，怒吼道：「我就知道，這麼多年了，妳這個臭婊子還愛那混蛋！」

「我沒有！」

女人奮力掙扎著。

「哼，沒有？妳以為我不知道，茵茵那個賠錢貨，就是妳和他的種！」男人的臉越來越猙獰。

女人全身一顫，「你……什麼時候知道的？」

「我什麼時候知道的？妳居然問我什麼時候知道的！」

男人哈哈大笑起來，「早在她剛出生的時候我就知道了！每次看到那小雜種痛不欲生的樣子，我心裡就很痛快。

「她的血每一滴都很珍貴，所以每次幫她放血的時候，我都非常積極，趁她睡著的時候，只需要用小刀在以前的傷口上輕輕劃一下，不用太大，神不知鬼不覺，血就不斷流了出來……

「那一刻，我被你們傷害得到處都是破洞的心，就會奇跡般的癒合，全身更是說不出的舒暢！」

「你這個混蛋，原來是你把茵茵害得那麼痛苦！」女人憤恨地衝上去，卻被男人狠狠地推倒在地上。

「臭婊子，妳給我聽好！」

男人蹲下身，將她的頭用力按在冰冷的地板上，猙獰地說道：「只要有我在的一天，妳就休想碰我兒子。那個雜種，讓她見閻王去吧！嘿嘿，不過說實話，我還真捨不得讓她死得那麼痛快！」

男人一邊冷笑著，一邊朝屋外走去。

躺在地上的女人緩緩站了起來，她的雙眸因為憤恨和痛苦變成了紅色，血一般的紅色。晦暗的屋子裡，蠟燭搖爍不定的火焰不知從何時起，也變成了一片血紅。

濃烈的詭異氣息彌漫在四周，越來越濃，濃到猶如伸手便可觸摸到一般，女人輕輕地摸起桌上的剪刀，一步一步，帶著沉重的喘息聲，向男人走了過去……

# 第一章 青蛙（上）

人生實在是一種奇妙的東西，在無限的偶然、必然以及機緣巧合中，常常會產生出一種名為「緣分」的Baby。

兩個人從相逢相識到熟悉對方，然後成為朋友、情侶、敵人，或者再次變為陌生人……諸如此類，所有的一切，或許冥冥中真的是有一雙巨手在暗中掌控著。

就像紅顏知己嫁人後，就成為了別人的老婆，你和她再也無法像從前一樣開心地談天說地，傾訴傷心事了。你和她的人生會漸漸地成為兩條平行線，不論如何無限延長，也永遠無法再有接觸的可能。

不過，當紅顏知己變為自己的老婆後，或許更慘……

理由？沒有任何理由，不信你試試。

說以上那段話的時候，是「風水」事件結束後許久。

那時，所有人都恢復了百分之八十的悠閒心情，以及百分之七十五的安逸興致。

我無聊地坐在Red Mud裡，一邊慢悠悠地甩腿，一邊啜著卡布奇諾，最後望著沈科的眼睛說出了這段話。

其實，我並不是想闡述任何高深的道理，只是想委婉地說明，在「風水」事件中，自己所扮演的角色，是多麼的愚蠢以及沒用……

□

當風水師毫無預兆地朝我們望來時，我頓時對他的目光產生感應，咄咄逼人地瞪了過去。

兩個人的注意力就這樣在空中交纏撞擊，甚至產生了某種無色無象的火花。

不知過了多久，這個傢伙才輕輕搖搖頭，懶洋洋地微笑著轉過身去，再也沒有理睬我。我哼了一聲，低聲道：「你們沈家的專屬風水師還真年輕，哼，一副臭屁的樣子，都不知道在跩什麼！」

沈科摸著自己的下巴，帶著古怪的眼神笑了起來，「聽說他才十九歲，是孫家歷代風水師中少有的天才。」

「十九歲？」

我驚訝過後，頓時又火不打一處，「不過才大我們半歲而已，居然可以隨隨便便地開車上路，直到現在，我老爸連車輪都不准我碰呢！」

「小夜啊，從剛才起，你的精神狀態就有問題，老是一副憤世嫉俗的樣子，嘿嘿，難道……」沈科的嘴角又浮起一絲怪異的笑，「難道你在嫉妒我家的風水師嗎？」

我也笑了起來，大笑，接著出其不意地狠狠踹了他一腳，抓住他的衣領，儘量用溫柔的語氣輕聲問道：「請問，你從哪裡看出我在嫉妒他？而且，憑他也值得我嫉妒？」

沈科委屈地揉著屁股，理直氣壯地說：「明眼人都看得出，孫路遙是一個不比你遜色的帥哥。我看他清秀的程度更勝於你，而且一臉正氣、仙風道骨、風流倜儻……總之，他那張臉就已經足夠你嫉妒了！」

我聽著不怒反笑，悠然道：「既然他是那種級別的帥哥，那你還不把你的徐露給看好。小心她看到這傢伙後來個一見鍾情，你小子不就裡外忙活了好幾年，最後替他人做了嫁衣。」

「小露才不是那樣的人！」沈科撇撇嘴表示不在乎，但臉上明顯浮現出一絲陰霾。

「這可說不準。」我繼續刺激他，「女人是水做的，男人永遠都無法揣測她們的性情，也無法琢磨她們的想法，這些東西不需要我來提醒你吧！況且，你和小露根本就沒有確定男女關係，而且也沒有那種情侶之間的默契……」

「夠了！算我說不過你！」沈科煩惱地揮揮手，低下頭不語了。

周圍刺耳的喧鬧嘈雜聲，不知為何漸漸沒有了，我向前邊望去，只見孫路遙左手攤開一個羅盤，右手的食指和中指合攏，不知道在掐算什麼。

一見這些行當，我就止不住地想冷笑，哼，十足的江湖騙子架式，我倒要看看他能算出些什麼來。

孫路遙臉色越來越凝重，他走走停停，不時還詢問沈家的老祖宗一些問題，最後來到了沈雪家門前。

「就這裡了。」他用力地晃動手，似乎想要撥開什麼東西，「好重的陰氣！」說著大步跨進了門裡。

沈上良還因為前晚的驚嚇躺在床上，而沈雪陪著徐露，又不知跑到哪裡去了，自然沒人出來迎接這一大群人。

這是我第二次到沈雪家，地面乾乾淨淨的，看來院子外堆積如山的錦鯉屍體，早已經被弄走了，只是空氣裡依然還飄蕩著淡淡的腐臭腥味。

院子裡的噴泉停歇了，怎麼周圍的景象比上次來時更加不協調了？有種無形的怪異氣氛，壓得心臟也沉重起來。

我十分不舒服地用力吸了口氣，接著皺起眉頭，問身旁的沈科，「奇怪，哪來這麼重的濕氣？」

那傢伙心不在焉地說：「濕氣多哪裡又招惹到你了？」

我迷惑地搖搖頭，「看噴水池周圍的泥土，就知道池子已經停了至少一天以上。現在是夏季，空氣本來就很乾燥，再加上這個宅子是向風向陽面，空氣裡的每一絲水氣都像隨時被烘乾機吹、被烤箱烤地不斷被榨乾，根本就不可能留下多少濕氣，但你看看現在的狀況，好像隨便都能從空氣裡擠出水來，實在太怪異了！」

「小夜。」沈科嚷起來：「還什麼向風向陽面，聽到你這番話的人，恐怕還真分辨不出你是風水師還是他是。」

他望了孫路遙一眼，「有時候，我還真覺得你比神棍還神棍呢，張口閉口就是這裡古怪，那裡怪異，你到底還有完沒完？」

「你這傢伙！好，給我記住。」我氣惱地獨自向前走去。

真是莫名其妙，不知道那個榆木腦袋在想些什麼，就算是感情運不順，也犯不著找我發洩嘛！

使勁擠進人群裡，就看到孫路遙臉色難看，死死盯著那座新修的噴水池，額頭上的冷汗不斷往外流。

過了許久，他才冷哼一聲，掃視著眾人，沉聲道：「胡鬧，簡直是胡鬧！本家的一草一木，沒有經過孫家的勘測，就不能妄自亂動，特別是每個院子裡的銅獅子，那是絕對不能移動的，這個規矩早在一百多年前就訂好了，究竟是誰這麼魯莽？」

「是老六。唉，他也是老大不小了，留洋回來，就連老子我的話也不怎麼聽，更不要說去記家規了。」老祖宗臉色有些黯然，「孫堪輿，你看還有沒有什麼補救？」

「又是六叔叔。」孫路遙也無可奈何地嘆了口氣，「獅子移開幾天了？」

「算上今天，應該是第七天。」

孫路遙的臉色頓時變得難看起來。他本想要說什麼，但又忍住，最後道：「算了，先盡盡人事吧。」

漫步走到院子最北方，孫路遙看了一眼羅盤，指著角落的一排假山，吩咐道：「中間最大的那一塊，把它砸開。」

沈家立刻有幾個人去工具房拿了錘子、鐵鍬，將假山挖出來，用力砸著。

他一邊看一邊指揮，「要砸碎，所有的小碎塊都要檢查一次，任何東西都不要漏掉，發現奇怪的東西立刻叫我。」

於是所有人都忙活開，用心找著假山碎塊裡所謂的奇怪東西，花了至少二十幾分鐘，那群人還是一無所獲。

我在一旁袖手旁觀，看得不亦樂乎，突然有個拳頭大小、呈不規則橢圓形的褐色石塊滾到了我的腳邊，不知為何，我猛地感覺背脊一涼，條件反射地飛快向後跳了幾步。

那是什麼玩意兒？

不好意思地對身旁被自己古怪行動嚇到的人笑笑，我彎下腰，仔細打量起嚇本人幾大跳的那塊物體來。

還沒等我看清楚，那個物體微微地動了，先是緩緩地伸出兩隻前肢，猶如剛從蛋殼裡誕生一般，又懶洋洋地擠出後肢，掙扎著跳了出來。

原來是一隻長相奇特的青蛙，牠全身佈滿褐色斑點，縮成一團的時候，完全擬態成了一塊石頭。

那青蛙大搖大擺地從目瞪口呆的我的眼皮底下，往東邊角落裡跳去，下一秒，有一隻腳，飛快地進入我的視線，狠狠踩在青蛙身上。

是孫路遙，靠！沒愛心也做得太明目張膽了吧！

「你在幹什麼！」我惱怒地狠狠向他望去，但他絲毫不理會我充滿敵意的目光，只是臉色鐵青，眼神裡全是焦慮，「看來，問題越來越大了。」

他走到老祖宗面前說：「事情有點糟糕。現在當務之急有兩件事，一是在今天之內砸開本家裡所有的假山，如果發現有青蛙的話，一定要全殺掉，絕對不能讓牠們逃了。」

「還有就是狗，到晚上全部都放開，希望能壓制些什麼才好。」他沉吟了一下，看著我說道：「你是本家的客人夜不語吧，我聽老祖宗說起過你，他說你是個很有趣的人。」

孫路遙的眼睛一眨不眨地緊緊鎖定住我，嘴角露出一絲意味深長的微笑，用極富有磁性的聲音問：「怎麼樣，有沒有興趣跟我去看一場熱鬧？絕對不會讓你失望的。」

「聽起來似乎很有趣的樣子。」我強自鎮定，也笑了起來，「但還是敬謝不敏了。」

看著他和老祖宗走出院子，我的內心浮起一絲迷惑。

剛才不知道是不是眼睛看錯了，在他踩死青蛙的一剎那，周圍的空氣猛烈地一脹一縮，空間似乎也扭曲起來，那隻腳和青蛙的接觸面，甚至讓人有一種附上了透明薄膜的錯覺，鼻子也聞到了一股強烈的血腥味。

而且在這個三伏天裡，怎麼還可能有冬眠的青蛙，實在是太古怪了……

# 第二章 青蛙（下）

慢悠悠地走回住的地方，還沒走進門裡，就聽見一陣吵鬧聲傳了過來。

「不會又發生什麼了吧？」

最近的一連串事件，已經讓我患上了神經緊張兼過敏症，我快步跑進院子，卻看到沈科、徐露和沈雪三人在拉拉扯扯。

「搞什麼？」我皺起眉頭問。

沈雪不滿地看著沈科嗔道：「小科那傢伙非要把小露房間裡的屏風鏡抬走，又不告訴我們理由，小露當然不願意了，然後就吵了起來。哼，真是個沒紳士風度的混蛋。」

原來如此！我微微笑著，看著院子中央的沈科與徐露，只見這場打罵戲根本就是單方面的行為，小露的嘴飛快翻動，而沈科只是面紅耳赤地低著頭，話也不說，死死地拽著那面古怪的鏡子就想走。

小露見喝斥他沒有以前那麼有效，乾脆也學那傢伙耍起了賴，用力拉住鏡子的左扇屏風不放手。他們兩個歡喜冤家就這樣賭氣地望著對方，一個抓左一個拽右，也不知道鬧了有多久了。

我不耐煩起來，走過去對著鏡子就是一腳，只聽到「啪」的一聲，鏡面猶如水波一般，蕩起了一圈又一圈的波紋，金屬刺耳的響聲不斷迴盪在四周。

頓時我的心臟感覺煩悶不已，冥冥中就像被一隻手狠狠握住了一般，甚至有一剎那感覺到強烈刺痛。

不由自主地向後退了幾步，我的冷汗不住往下流，臉色也變得煞白。

「小夜你怎麼了？」眼見不對勁兒，沈雪立刻扶住我關心地問。

沈科和小露也暫時停止爭執，向我望過來。

我驚魂未定地擺擺手，捂住心口略帶惱怒地問：「沒什麼。小露，妳想要留下這面鏡子有什麼理由嗎？」

徐露一愣，沉下眼簾苦苦思索了許久，這才苦笑著搖頭，「沒有，只是……」

「那就好。」我打斷了她的話，「不要忘了前晚的事情，妳自己應該也清楚這鏡子有多邪門，還是少碰為妙，沈科搬走它，也是因為關心妳。」

「他……他又沒有跟我說清楚。」徐露的臉上浮起一層薄薄的紅暈，她偷偷瞥了沈科一眼，放開手道：「你這個人，早說你……你……就好了嘛！剛剛衝進門一副想吃人的樣子，誰知道你想幹什麼啊！」

「對不起，我，那個……」沈科唯唯諾諾地撓著頭，傻笑起來。

唉，這兩個敢情是幼稚園沒畢業的低能兒，我沒好氣地踢了沈科一腳，罵道：「還不把這面該死的屏風鏡找個什麼地方扔去。」

安頓好徐露，沈雪便去張羅晚飯了，偌大的院子裡頓時安靜下來，我剛要進臥室，就看到一個人影悠然漫步走進來，是孫路遙。

他衝四周左右張望了一番，溫文爾雅地微笑道：「這間房子是在坤位，住這家的人發不了財，也不適合留客，我想你們最好換個地方住。」

我在臉上擠出僵硬的笑意，淡然道：「風水這種東西就像鬼神一樣，信則有，不信則無。我是無神論者，當然不會怕這些，孫堪輿特意來這兒，就是為了告訴我這些？」

孫路遙啞然失笑：「夜先生似乎對本人懷有些微敵意，在下什麼時候招惹到先生了？」

「你怎麼可能招惹到我。」我笑起來：「我和你說過的話，掰開指頭都數得清。」

「但夜先生似乎很討厭本人。」孫路遙不屈不撓，死咬著這個問題不放。

我舔了舔嘴唇，模糊說道：「聽過一個故事嗎？根據研究，拿破崙慘遭滑鐵盧失敗的最大原因，是因為當時他沒有親自指揮戰鬥，史學家就拚命地研究為什麼。

「最後終於讓他們找到了線索，原來拿破崙沒能親自指揮戰鬥的原因，是他要吸食鴉片，而他吸食鴉片的原因，是因為他痔瘡犯了需要止痛，之所以他會得痔瘡，是因為他愛穿緊身褲。

「而他之所以成天穿著緊身褲，是因為當時歐洲上流社會流行穿緊身褲，所以這個故事就告訴我們一個十分深奧的道理，千萬不要盲目追求時尚！簡單點說就是，如果沒有一個經久耐用的屁股，你就別穿緊身褲！」

我抬起頭，盯著孫路遙的眼睛，只見那傢伙老是掛在臉上的笑容，終於有點扭曲了。

「先生的意思是說，討厭我是有許多層次的原因了？」他好死不死又笑起來。

「你誤會了，當然不是這個意思。」我也笑得十分開心，開心得甚至露出整齊潔白的牙齒，但嘴裡卻吐著和表情完全不符合的辛辣詞句，「我討厭風水有各方面的原因，不過討厭你嘛，純粹就是討厭你，根本就沒有任何原因！」

孫路遙的臉，頓時變得十分難看，他乾笑幾聲，說道：「看不出夜先生還這麼風趣。不和先生繞圈子了，我過來是為了向您請教一些事情。」

「不用叫我先生，也不要幫我加敬稱，聽起來怪噁心的。」既然那層紙都已經被自己捅破了，我也就懶得再客氣。

「也好。」他還是客客氣氣地點頭，「夜兄，我想問最近幾天，你有沒有遇到過什麼古怪的事？」

「沒有。」我毫不猶豫地搖頭。

該死，明明要他別強加什麼奇怪的稱謂給我，他居然還好意思叫我什麼「夜兄」，真是完全敗給這傢伙了，又不是百多年前的古代，人類的飛行器都已經登上火星了，竟然還有人叫我叫得如此復古，恐怖啊！

這種人，我死也不和他分享到手的資料。

「是嗎？那以後有什麼特別的事情，請夜兄一定要第一時間通知我。」孫路遙略微有些失望，他又看了我一眼，準備轉身離開。

「那個。」我欲言又止，最後仰制不住好奇心問，「你幹麼要踩死那隻青蛙？」

「唉，這裡的風水已經全部敗了，如果能早來兩天就好，不像現在只能被動的盡人事，希望還可以補救。」孫路遙只是嘆了口氣，沒正面回答就走掉了。

他剛出門，沈科那傢伙就探頭探腦地跑了回來。

「你剛剛和他聊什麼東西？看起來很投機的樣子。」他賊眉鼠眼地笑道，一副奸商的嘴臉。

我沒好氣地說：「沒什麼，只是聊了聊關於青蛙的養殖和保育問題，以及從此問題滋生出的一系列新問題。你也有興趣？」

「鬼才會信你。」沈科撇撇嘴道：「不過說到青蛙，我剛才出門的時候，聽到了一個消息，實在有點詭異呢！」

「說來聽聽。」我一邊不斷回味孫路遙臨走前的最後一句話，一邊漫不經心地說。

「據說剛剛本家的人，照著那個風水師的囑咐，砸開了所有的假山，居然八成以上的假山裡，都挖出了一隻黑褐色的青蛙，你說噁心不噁心？我到現在似乎都能聞到那種青蛙死時，發出的濃烈血腥味咧！」

「你剛剛說什麼？」我只感到腦中「轟」的一陣巨響，意識因為這段資訊的衝擊，而變得模糊不清起來，全身也如同石化了般，僵硬得再也不能動彈絲毫。

「你怎麼了？」沈科連忙用力搖著我的肩膀，還趁機踢了我好幾腳。

「夠了，不要以為我不知道。」我大喝一聲，臉色鐵青地問：「真的挖出了那麼多青蛙？」

「我發誓。」沈科立刻舉起手，向他根本就不信的聖母瑪利亞說起了狠話。

我瞥了他一眼，皺眉頭努力思索起來。

「小夜，那些青蛙有什麼問題嗎？看你很苦惱的樣子。」沈科百思不得其解。

我淡淡注視著他的眼睛，許久才答道：「很久以前曾聽說過一個故事，起因據說是有家人搬進了一個很大的院子裡，但只住了一個禮拜，就發現新房子怪事不斷，院子水池裡的魚不斷死掉，而且找不出任何原因，水質也沒絲毫問題，接著是他們飼養的鳥，死光後，又輪到了他們的孩子。

「最小的兒子突然昏迷不醒，送去醫院後，醫生也檢查不出問題，只發現他的大腦一直都保持在深層睡眠狀態，如同植物人一樣。

「那家人十分害怕，可是他們將自己所有的積蓄買了那棟房子，不可能搬走，於是他們經由親戚的介紹，找來一位風水師。

「那位風水師勘探了一會兒後，就囑咐他們砸開假山，結果居然在假山正中央的地方，找到了一隻正在冬眠的青蛙，將那隻青蛙殺死後，那棟房子就再也沒有出過怪事。他們的孩子隨後也清醒了過來。」

沈科不由自主地打了個冷顫，「故事的劇情和沈家的好像啊！」

「故事還沒完。」我長吸一口氣，「不久後，主人想要鋪草坪，等到挖開水池後，才發現底下居然埋著一具腐爛的女性屍體，位置正好在找到青蛙的正下方。那個女人是被房子的前主人——她的老公殺死的。」

「你是說，有屍體的地方，就會引來青蛙？」沈雪不知什麼時候也回來了，她被我的故事嚇得全身都在發抖。

「別傻了，怎麼可能！我只是一時聯想到這件事情而已。」我故作輕鬆地笑起來，內心深處的迷惑卻越來越強烈。

那種黑褐色的青蛙，確實是我沒見過的品種，我記得很清楚，國中學生物時，因為覺得膝跳反射試驗很有趣，自己曾經買了青蛙的圖鑒來看。我對自己的記憶力一向都很自豪，也可以確定，亞種的青蛙中，絕對沒有剛剛看到的品種。

那究竟是哪類？難道是古雲山特有的、從未被發現的新品種？

有可能，大自然中本來就有許多人類還不了解的東西，或許這種未命名青蛙的習性就是夏天休眠，喜歡窩在縫隙很多如同假山的石頭裡。

想到這，我大為興奮起來。如果抓一隻回去，確定是新品種的話，或許會用自己的名字命名呢！夜不語蛙、夜氏青蛙、古雲山夜蛙……等等，哈哈，這些名字一聽起來就讓人血脈僨張，實在是太舒服了！

沈雪在一旁使勁兒推了推我，「夜不語你幹麼笑得那麼奸詐，口水都要流出來了。」

我頓時清醒過來，用手使勁抹了抹嘴巴，視線立刻飄到院子裡的假山上。

「沈雪幫我拿工具來，響應號召，這裡的假山也應該整修整修了，不然會顯得我們很不合群。」

三兩下砸開了沈科家的假山，果然在正中央，挖出了一隻黑褐色的青蛙，稍微觀察了一下，我確定是剛剛見過的品種。

「好噁心的青蛙！」沈雪厭惡地皺起了眉頭。

我開心地笑著，笑得如同奸商一樣，一邊將青蛙放進透明的玻璃盒子裡，蓋上蓋，一邊目不轉睛地打量著。

「夜不語！風水師不是說要立刻把牠殺掉嗎？」沈雪有些驚訝我的行為。

我將盒子向上拋了幾下，堂而皇之的正色道：「我才不信風水師那席見鬼的瞎話，何況本人可是有參加生物保育協會，如此殘忍的事情實在做不出來。

「說不定這玩意兒還是稀有品種，能救一隻就救吶，免得讓牠在咱們手裡絕種，到時候我們不變成世界的罪人才怪。」

「說得好聽，鬼才知道你在打什麼壞主意。」沈雪沒有再阻止我，只是道：「洗手，準備吃飯了。」

突然想到些東西，我叫住她叮囑道：「這件事千萬不要告訴任何人，還有……」沉吟一會兒又道：「還有小露，最近發生了許多古怪的事情，而且我老覺得應該不會那麼簡單就結束了。我怕她還會出什麼狀況，小雪，雖然有點難以啟齒，不過我希望這幾天妳能陪她一起睡，多注意她。」

「你的意思是要我監視小露？」沈雪略微有點遲疑。

「妳一定要用監視這個詞也行，總之她到哪兒妳就去哪裡，上廁所都不要讓她一個人落單，這也是為她好，做為朋友，能做的也只有這些了。」我神色黯然地嘆了口氣。

隱藏在沈家中的那股神秘力量一定有什麼目的，而它操縱的工具或許是小露，也有可能是闖進了本家後宅的我們四人，只是無論我怎麼猜測也得不到任何結論。

我確定自己並沒有問題，而沈科和沈雪也看似正常，那就只剩下徐露了。

從本家後宅回來後，不知為何，我就感覺她有點怪怪的，不是她的行為，而是氣質，她的氣質似乎有了某種令人說不清、道不明的改變……希望只是自己的錯覺吧！

不管怎樣，明天我一定要想辦法離開這個鬼地方，只要離開了，一切都會好起來，再也不用夜夜擔驚受怕了。

猛地感覺有一絲陰寒竄上了背脊，我全身顫抖，吃力地低下頭，望著手裡密封的玻璃盒。

只見那隻青蛙已經完全清醒過來，牠伸展開四肢，一動也不動地趴著，只是睜開猶如蠕動內臟般的鼓圓眼睛，死死地盯著我。

恐懼不斷侵蝕我的意識，我在僵硬的臉上使勁擠出微笑，咬緊牙關抵抗著。

那隻怪蛙似乎也在笑，笑得十分詭異，不知過了多久，突然感覺眼前一亮，全身的壓力頓時消失得無影無蹤了。

再次望向青蛙，只見牠又蜷縮成了一團，石頭般的靠在角落裡，似乎剛剛的一切都只是場白日夢，我用力撓了撓腦袋，深吸一口氣。

或許，剛剛真的只是一場夢吧！

世界上有百分之八十的人都處在亞健康狀態，我也不例外，或許是剛才挖假山時蹲得太久，猛地站起來後，大量血液湧入大腦，造成了短暫的幻視現象。

我找著理由安慰自己，心裡卻沒來由地生出一股不安，似乎那股未知的力量，已經開始蠢蠢欲動起來了……

# 第三章 異舍

夕陽再一次染紅了西邊天際的雲彩，紅，紅得像血一般，鮮豔的血紅漸漸淡去，天空慢慢變得黯然，然後呈現灰色，最後完全暗了下去。

又一個漫長的夜晚來臨了。

不久前，老祖宗將沈家所有人都請去了大堂，就連我們這些客人也沒有漏掉。上百人擠在並不寬敞的空間裡，但卻沒有任何人抱怨，甚至連絲毫的嘈雜也沒有，只是安靜地等待著，安靜得十分異常。

老祖宗緩緩地端著一盅好茶，每喝一口就閉上眼睛沉吟半晌，似乎在思考什麼深奧的問題。

不知道過了多久，他才用沙啞的聲音說道：「沈家現在面臨一個很大的危機，如果實在無法度過的話，我們只有攜家帶眷，永遠離開這個世世代代居住的地方。」

這句話猶如一顆扔入死水中的石頭，頓時引起了一波又一波強烈的漣漪。

老祖宗伸出手，在空中虛按了一下，等本家的人漸漸平靜下來後，又道：「事情並沒有糟糕到無法挽救的地步。孫堪輿說，只要在這個月二十九日，也就是明天凌晨來臨之前，把有人住的宅子裡的水池都填掉，就會讓現在已經被破壞的風水好起來。

「還有一點，二十九號那天，老六院子裡的廚房，絕對不能讓女人進出，否則一切都完了！」

老祖宗的聲音突然大了起來，「老二、老四，從今天晚上起，你們倆負責帶人將廚房全部圍起來守好，千萬不要給我捅什麼大樓子。至於水池，從現在起，大家回去後就自己動手填掉，明天中午我這個老骨頭一家挨一家的檢查，話就這麼多，大家可以散了。」

他喝了一口茶水，望著沈雪的老爸道：「老六你留下，我有些事情要問你。」

走出沈家老祖宗的宅子，我向眾人笑道：「老祖宗還真不是一般的有魄力，說話不但有板有眼、中氣十足，還很有領袖氣質呢。」

沈科撇撇嘴，「當然了，沒有能耐，我們也不會管他叫老祖宗了，你以為這位置光年齡大就能坐啊？」

「說起來，以前八叔叔曾經提到，只要老祖宗死了，沈科就是家主了，因為家主的位置只傳給直系的長子，旁系是沒有繼承權的。」沈雪說。

「原來如此。」我使壞地看看徐露，又看看沈科：「如果小露嫁給沈科，會不會改姓沈？哈哈，沈露，名字滿好聽的。」

沈科那傢伙立刻陶醉在幻想中。

徐露狠狠踩了我一腳，哼道：「小夜你娶了小雪的話，也改姓沈吧，呵呵，沈不語，這名字比你原來的好聽多了。小雪，哼哼，妳幹麼臉紅啊？」徐露笑嘻嘻地向沈雪靠過去。

沈雪把頭一偏，嘴硬道：「人家才沒有，我看臉紅的是妳才對。」

「真不知道是誰。」

「是妳，當然是妳了。」沈雪伸出手去撓徐露的腰，這兩個女孩邊打邊鬧，嘻笑著向前邊跑去。

我嘴角露出一絲微笑，欣喜地望著這美麗的畫面。已經安然度過一天了，今天並沒有發生什麼值得驚訝的怪事，原來平淡的感覺居然這麼好，雖然追求刺激不會讓人無聊，但如果每天都過著擔驚受怕的日子，恐怕沒多久我就會徹底瘋掉吧。

看來，我是不是應該調整自己的生活習性了？多少改掉一點亂好奇的毛病吧！再次抬起頭，望向那兩位美女的背影，我卻突然感覺視線模糊起來。

不對，不是視線，而是她們的身影！原本清晰猶如在耳邊的打鬧聲，似乎也離我越來越遙遠，我頓時打了個激靈，飛快向她們衝去。

「小夜，你怎麼了？」沈雪驚訝地回頭看我。

我沒有回答，只是喘著粗氣，雙手緊緊的抓住她們的肩膀。她們的體溫透過衣服傳入我的手心，柔軟的肩膀在微微顫抖著。

是她們，我的手確確實實碰觸到了她們！小露和小雪並沒有消失！

我深吸了一口氣，好不容易才理順混亂的呼吸，儘量平靜地說道：「沒什麼，最近我實在太神經緊張了。」

「需不需要我去拿點安神藥給你？」沈雪關心地問。

我搖頭，「不用了，睡一覺就會好起來。妳和小露今晚也早點休息吧。」

剛剛真的是自己眼花了嗎？說起來，今天眼花的次數還真多。

有問題，絕對有問題！

又看了一眼在跟前安安靜靜走著的兩人的身影，我的心卻越發地不安起來。

□

夜色漸漸濃重起來。

我坐在桌前，望著微微顫抖的燭光，久久無法入睡。門外響起了近乎於粗魯的敲門聲，然後有人走了進來。

我沒有回頭，只是淡淡說道：「小科，馬奎斯說過一句經典的話。他說，一個男人通常需要兩個女人，一個用來愛，另一個用來釘扣子。」

背後的沈科頓了頓，疑惑道：「這關我鳥事？」

我笑道：「關係大了！你再這樣優柔寡斷，像個娘們兒似的，不要說兩個女人，到最後恐怕連一個都留不住。」

「小夜，我哪裡優柔寡斷了？一直我都只喜歡小露一個人！」沈科罕見地紅著臉，聲音越來越小。

我嘆口氣，「算了，你的事情我管不著。總之，不要傷害小露和沈霜孀。女孩子是很脆弱、很敏感的。」

「我知道。」他正經地點點頭說：「最近你似乎特別煩，有什麼狀況嗎？」

「你不也是一樣。」我苦笑起來，「最近我常常在思考一些深奧的問題。」

「比如什麼？」

「譬如人生究竟是什麼玩意兒？人這個東西生存在世界上到底有什麼意義？還有最重要的，明天我應該睡到幾點才起床？」

「切！」沈科狠狠在我的肩膀上拍了一下，「我還以為你在研究最近發生的怪異事件呢，害我想來探些口風的說。」

「事實上，我真的是有在研究。」我轉過頭去，苦惱地撓著鼻子，「不過總是有些微妙的地方弄不懂。」

沈科拉過一張凳子坐下，「說來聽聽，或許我能幫你。」

「說之前，先給你出道題。」我不懷好意地笑著，「有三個人去買水果，每個人身上只帶了二塊錢，三個人加起來總共有六元，而買一顆蘋果要花二元，但是買三顆蘋果只要五塊。於是三個人花了五塊買來三顆水果，這樣他們一共還剩下一元。

「三人見錢還有剩，又在一間小店花了一毛錢買了一支滿天星，最後結算，還剩下九毛錢。於是他們每人分到了三毛，但其中一人略微算帳後，立刻發現了個十分有趣的問題。

「他們這次逛街每人實際上花了一塊七毛，可是算回來又對不上。每人一點七元，三人就是五塊一毛了，再加上每人分到的三毛，就已經六塊錢了，可是再加上在小賣店花掉的一毛，居然變成了六點一元之多，但他們三個人一共也只有六塊錢，那麼多的一毛又是從哪裡來的呢？」

沈科略帶不滿的看著我，似乎在怪我這種節骨眼還在找他麻煩，但嘴裡卻還是答了，「很簡單，那三個傢伙基本演算法就錯了。花出去的五塊一毛裡，已經包括了在小店裡花掉的一毛錢，結算的時候，直接加上省回來的九毛就對了，根本就不需要畫蛇添足，非要死咬著那多出的一毛不放。」

我立刻拍起手來，「不愧是班上有名的數學高材生，回答完全正確！其實這個問題根本就是個數學陷阱，常常有人笨得把在小店裡花掉的一毛，當作花掉的加了一次後，又當作剩下的再加上一次，所以總是會多出那個莫須有的一毛錢來。」

「小夜，你這傢伙拐彎抹角的，究竟想說什麼？」沈科不耐煩起來。

我托住下巴淡然道：「其實在沈家，也有這種多出的一毛錢，而且還不止一個！」

「什麼！」他猛地抬頭，滿臉震驚地盯住我的眼睛。

「你想想，雖然那兩個開發商的人，打死都不承認破壞沈家的交通工具，但抓到他們時，所有人，甚至連我也毫無懷疑地認為，是那兩個傢伙幹的。

「可是隨後孫路遙開車上來，他的車停在本家外邊，照樣也被割破了輪胎，那又是誰幹的呢？」我說出了自己的疑惑，「那兩個人明明已經被關了起來，直到現在都還留在裡邊，不可能跑出去割輪胎的，難道那個多出的一毛是他們的同夥，或者，根本就是我們之中的某人？」

我傷腦筋地晃晃腦袋，「還有那面屏風鏡，究竟是怎麼突然出現在你家房間裡的？我詳細問過小露一些細節，她曾說剛住進現在的房間時，發現了一個奇怪的現象。房間裡所有的家具擺設都積滿了灰塵，唯獨這面鏡子乾乾淨淨的，似乎才被人細心擦過的樣子。而且地板上的灰塵，整整齊齊的堆了好幾公分厚，但卻找不到任何腳印。」

舔了舔嘴唇，我繼續道：「也就是說，近期不可能有人進房間擦過鏡子。對於這些細節，我很感興趣。於是在她的房間裡到處找，還好小露沒有潔癖，我總算在床下找到了完整的灰塵樣本。嘿，我稍微判斷了一下，最後很驚訝地發現，那個房間，至少有十多年沒有人進出過！」

「荒謬！實在太荒謬了！」

沈科驚訝地張大了眼睛，他的聲音在顫抖，嗓子乾澀的道：「我家搬出去不過才六年，而且我每年夏天都會回來度假。一個屋子空置了十多年，我怎麼可能會不知道？我甚至還記得十分清楚，從前這是我老爸的書房，他每天晚上都會進來練習幾個小時的毛筆字，通常都是老媽不斷催促，他才戀戀不捨地回屋裡睡覺！」

「那你上次回來的時候，小露住的房間裡有那扇屏風鏡嗎？」我咄咄逼人地大聲問。

沈科苦惱地思索了一下，「應該沒有。」

「那麼，既然以前那房間是書房，你有沒有想過，這次回來的時候，怎麼變成客房了？」我得理不饒人，「是你們搬走之前，就把它改成了客房？還是後來有人將它改成了客房？」

沈科頓時像啞巴一樣，他指著我的手停頓在空中，再也無法動彈絲毫，冷汗不住地從額頭流了下來，他感覺全身發冷，甚至冷得顫抖起來。

「從來……」他喃喃說道，越說越小聲，「從來就沒有改成過客房，該死！直到去年我回來住時，小露那間房根本都還是書房。天！這究竟是怎麼回事？」

「其實很簡單，我倒是可以提供一個現成的答案。」我緩緩地向四周打量著，一字一句地說道：「這裡，絕對不是你沈科的家！」

# 第四章 夢遊（上）

沈雪和徐露安靜地睡在新房間的床上。

夜很寧靜，寧靜到夏日的夜蟲，也沒有煩躁不安地發出求偶的刺耳噪音。

但不知從什麼時候開始，房間裡傳出一陣陣令人十分不舒服的氣氛，就如同鉛塊死死地壓在了心口上一般的痛苦沉重。

沈雪迷糊地翻了個身，似乎想擺脫壓在身上的東西，但不論她怎麼翻動，那種沉重的感覺依然如影隨形，於是她生氣地從床上坐了起來。

大腦逐漸開始清醒了，耳朵也迅速恢復工作，突然，有種刺耳而且奇怪的聲音，通過耳鼓透過神經傳入腦中，沈雪不滿地嘟起可愛的小嘴。

「誰啊？」她叫道。

可是那股聲音依然不屈不撓、平緩有節奏地響起，絲毫不因為自己的詢問，而有所停頓。

那聲音很枯燥，猶如什麼東西在金屬上，不斷劃過一般的尖銳，高頻的音調，甚至讓人開始有要抓狂的感覺。

「小露，妳快醒醒。」

沈雪伸出手想去推醒睡在身邊的徐露，可是手卻推了個空。

她一驚，立刻將眼罩取下來，等到眼睛能看見時，才發現自己的右邊空蕩蕩，徐露早已失去了蹤影。

聲音依舊非常有規律地響著，淡白的月光從窗戶外射了進來，那原本如霜般雪白的光芒一進入屋子裡，卻莫名其妙地變得一片血紅。

沈雪緊緊地抓著被子，她的心臟開始猛烈跳動，幾乎要從胸膛裡跳出來。

恐懼，就像沒有盡頭似的，掐住她的脖子，讓她的嗓子無法發出任何一個音。

她強睜開大眼睛，眸子在眼眶中緩緩轉動，看向噪音發出的那個角落。

一個人影正安安靜靜地站在屋子窗前的角落裡，是徐露！

人類就是這種奇怪的生物，不管在怎樣怪異離奇的狀況下，只要還有另外一個人在身旁可以壯膽，似乎恐懼感也會變得不再那麼強烈，沈雪也是如此，她突然感覺心裡一鬆，整個人瞬間虛脫。

「小露，妳在幹麼？」她戰戰兢兢走下床，想要伸手去拉徐露。

就在她的左手要觸碰到徐露肩膀的那一剎那，徐露猛地轉過頭來望著她，沈雪頓時被嚇得退後了兩步。

徐露的樣子十分恐怖！

她的眼睛絲毫沒有神采，眸子直直向前盯著，一動也不動。

徐露的頭髮凌亂，不知道是不是由於月色的原因，她的臉色煞白，咧開嘴衝沈雪怪異而且遲鈍地笑著，然後緩緩地回過頭，像剛才一樣死死地望住窗外，手裡拿著窗簾的繩子，一開一合地繼續不斷拉動。

原來剛剛的噪音就是這個！

沈雪只感到一股寒氣從腳底冒了上來，她害怕地縮到床角，心裡一個勁兒地告誡自己，「夢遊，只是單純的夢遊罷了！」但內心的恐懼，卻絲毫沒有減少。

她不敢大聲的叫喊，因為她清楚記得，某本雜誌上曾經提起，夢遊者最忌諱被叫醒，如果自己大吼大叫，不小心將徐露吵醒，她或許會瘋掉，甚至更會因為驚嚇突發心肌梗塞。

房間裡依然很安靜，只有窗簾不斷閉合產生的噪音刺激著耳膜。

就這樣不知過了多久，沈雪才漸漸平靜下來，她擔心地望著徐露，然後輕輕走下床，打開門，向外走去。

□

當沈雪來敲我房門將我吵醒時，我看了看錶，正好十一點二十分。

那個小妮子還不是一般的火爆，不但用手敲，居然還用腳踢，似乎生怕嚇不死我似的。

我睡眼惺忪地打開門，稍微一打量她後，曖昧地問：「幹麼，想要夜襲我啊？」

沈雪這才發現，自己只穿了一件單薄的睡衣。

她身體的青春氣息，以及處女的馨香，不斷衝擊著近在咫尺的我的感覺神經，害得我幾乎口乾舌燥起來。

一朵紅暈浮上了臉頰，她狠狠踩了我一腳，裹緊睡衣嗔道：「你還有心思開玩笑，有大事了！」

「噢？說來聽聽，如果不值得讓我大半夜起床，浪費我精力的話，我可是會找妳麻煩的！」我舔舔嘴唇，裝出色迷迷〈其實根本就是色迷迷〉的樣子，漸漸望向她的臉部以下。那豐滿的胴體，似乎有無限的吸引力，吸引我不由自主地將頭越靠越近。

於是我賊賊地先將一隻手搭在了她的肩膀上，見她沒抗議，然後順勢一撥，頓時她毫無防備的，整個身軀都貼進了我懷裡……

沈雪絲毫沒有掙扎，只是望著我的眼睛，呼吸頓時也急促起來。

溫熱的體息從她身上傳遞過來，美人在懷，猶如一團軟玉，滑溜溜的肌膚，輕輕和我的身體接觸著，稍微的動作也會讓人回味良久。

就這樣抱著她過了似乎一個世紀，就在我猶豫是不是該繼續動作時，她輕輕推開了我。

「該死！現在可不是悠閒的時候。」沈雪衝我可愛地聳聳鼻子，眉宇間透露出一絲焦急，「我來是想告訴你，小露剛剛夢遊！」

「夢遊？」我一聽便愣住了，接著十分不悅道：「需要這麼大驚小怪嗎？全世界有百分之十八的人都有夢遊症，妳就因為這個白癡的理由吵醒我？我的玉皇大帝、王母娘娘啊，妳知不知道最近這幾天我有多累？」

「但她夢遊的樣子真的很古怪！」沈雪委屈地說：「不信你自己去看看。」

我躊躇了一下，皺眉道：「算了，我們叫沈科一起去，總之被吵醒後也睡不著了。多拉幾個替死鬼墊背，心理還會平衡一點。」說著，進屋拉出一件外套，披在她身上，「天氣冷，別感冒了。」

「嗯，謝……謝。」沈雪抬起頭望著我，又看看身上的衣服，甜甜地笑起來。

我粗魯地將沈科從床上「叫」起來。

那傢伙滿臉不爽，幾乎要衝我發起飆，但是一聽到是因為徐露的事，滿腔的火頓時熄滅得一乾二淨，甚至變得精神奕奕，高喊著：「機會來了，我的愛！」

我和沈雪頓時重心不穩，雙雙倒在地上。

「靠！真是個重色輕友的傢伙。」我罵道。

沈雪笑嘻嘻地看著我，比畫著說：「想起來，夜不語你這個傢伙啊，似乎和小科那種貨色也差不了多少，你還有臉說他！」

「天吶！」我頓時痛苦地捂住了額頭：「居然有人把我拿來和他相比，實在是太悲哀了！我怎麼可能淪落到和他一樣的地步！」

「你還不反省一下，剛剛明明……」

「剛剛？」我饒有興趣地問：「剛才我怎麼了？」

「還說呢……」沈雪的聲音越說越低，哪裡還有陽光少女的影子，現在的她十足是個害羞的小女人。

不斷調笑著，我們三個腳下沒有空閒，快步向徐露住的房間走去。

就在今天，在沈科和我的執意要求下，小露心不甘情不願地搬出了從前的客房，轉而住進了北邊閒置的房間裡。

剛走到院子的中央，我們全都呆住了。

徐露站在屋內的窗戶邊，沐浴在月光裡，照射進屋子的月光很紅，紅得幾乎染得她雪白的睡衣也變得鮮豔起來。

她眼睛直直地望著我們，眼神十分的冷，我甚至感覺那道目光如有實質般，幾乎凍徹了我的心肺。

夜色裡，這一幕景色透露出絲絲冰冷的詭異。

身旁的沈科和沈雪在微微顫抖著，沈雪甚至用力抓住了我的手臂，我強忍著內心的恐懼，走進屋子，輕輕地牽過徐露的手。

她的手十分冰冷，居然令人感覺不到任何活人的氣息，要不是她還在呼吸著，我絕對會毫不猶豫地認定她已經掛掉了。

我用手指鉤住她的手，努力想要將她從窗前牽引回床上，不論面對哪種夢遊的患者，這個方法也是最為妥當的。

就在小露隨著我的暗示，漸漸走了幾步後，異常情況在毫無徵兆的時候發生了。

她猛地抬起頭，無神的眼睛，死死地盯著我看，雙手也突然緊緊地掐住了我的脖子。

徐露怪異的「咯咯」大笑，雙眼圓瞪，笑得咧開嘴，露出了兩排潔白的牙齒。

沈科和沈雪被這個變故，嚇得驚惶失措，他們手忙腳亂地要動手將小露拉開，卻被我拚命揮手擋住了，我痛苦地將她的雙手掰開，抓住她繼續向床邊走。

她依然狂笑不已，不斷晃動著自己的腦袋。

眼看就要將她拉到床邊，按倒在床上了，這不知道哪根神經出了問題的小妮子，居然狠狠一口咬在我的手臂上。

我一痛，反射性地鬆開手，按住了傷口，徐露趁機跑了出去。

看那靈敏的身手，以及衝刺的速度，哪裡還是那個一千公尺可以拖七分鐘、班上有名的運動白癡！

沈科、沈雪那兩個腦神經不夠用的笨蛋，直到現在還沒有從這一連串的變故中清醒，竟然就這樣呆呆的，眼睜睜看著徐露衝出房門，消失在漫漫夜色裡。

「小夜，你沒事吧？」沈雪反應過來後，第一時間走上前扶住了我。

我氣不打一處來，咬牙切齒地罵道：「你們這兩個傢伙到底是吃什麼長大的！腦袋裡全裝米糠嗎？眼看那小妮子跑了，也不幫忙攔住她！」

沈科沮喪得幾乎要哭了出來，「都是我的錯！」他用力地捶著自己的頭，「小露千萬不要有什麼危險才好，不然我，我真的就……」

「算了！」

一看到他那副窩囊樣，我什麼氣都沒有了，輕輕嘆息一聲，向遠處望去，「現在說什麼也沒用了，先出去把小露找回來再說吧。」

濃烈的不安氣氛彌漫在我們三人之間，內心非常的不安，老感覺有什麼東西藏在陰暗的夜色中，悄悄地窺探著。

那玩意兒是不是就是隱藏在沈家中的神秘力量？

徐露的夢遊，究竟是不是從前就有的？

不過，那麼強烈的意識和力量，真的還能保持夢遊的狀態嗎？

還是，她根本就不是在夢遊？

疑問一個接一個竄入腦海，我深感無力地苦笑起來。

□

「根據統計，夢遊症目前的發病率高達百分之十八。有研究指出，這種疾病百分之六十以上是由遺傳引起。除了夢遊這一症狀之外，夢遊的患者還經常在睡夢中遭遇許多恐怖的事情，甚至導致傷害自己的身體，或是進行暴力活動。」

為了緩解緊張的氣氛，我一邊尋找徐露留下的蛛絲馬跡，一邊慢慢向他們介紹一些關於夢遊症的常識。

「沈科，還記得最近電視裡有播過一則新聞嗎？有名英國男士被控在夜間對一名男童性騷擾。」

沈科心不在焉地答道：「當然記得，最後那混蛋被無罪釋放。」

我微微一笑，「那是因為，那王八蛋經過專家調查後，得到了明確的證據，證明這個混蛋男人當時正處於夢遊狀態，所以他完全可以不對自己的行為負責。

「其實前些年，也有科學家利用最先進的高科技成像設備，對夢遊症患者進行研究。他們發現，夢遊這一症狀，可能是由於病人腦部的情緒控制區，產生一連串快速的腦電波所致。

「那次實驗中，有一名十六歲左右的男性夢遊症病患，他在第二天夜裡突然從床上站起，雙眼大睜，而且還面帶凶相，情形就和剛剛的小露一樣，不同的只是他幾秒鐘後又再次坐下來，並不斷地扯動繫在身上的各種導線，口中還不停地胡言亂語。」

「那些研究他的科學家還真夠好運氣，那個十六歲的男生沒有去咬他們。」沈雪伸出手，輕輕撫摸著我的胳膊，被徐露咬過的地方，還留著兩排整齊的牙齒印，「說實話，小露的牙齒看起來滿健康的。」

我頓時無言，狠狠瞪了她一眼，舔舔嘴唇，也不管他們願不願意聽，繼續說道：「聽說，包括克勞迪奧．貝塞蒂博士為首的科學家聞訊，對那名青年的腦電波再次做了成像和電流圖分析後，居然發現夢遊時，他的腦電波從平靜的直線波狀態，突然轉變成快速的峰谷波，這種腦電波只在人們腦部患有疾病，或是熟睡狀態時才會出現。

「而且，成像系統還顯示，病人的腦皮層活動異常頻繁。簡言之，就是夢遊病人之所以會出現睡夢中走動的現象，是因為他們的情緒受到挫折，並處於混亂狀態，結果是他們常常利用行走這種方式來發洩，和緩解自己頭腦中的不穩定情緒，進而達到保護大腦的作用。

「這一結論也可以解釋，為什麼有許多有過夢遊經歷的病人，在出現這種症狀的同時，還受到不良情緒的困擾。」

「簡而言之，你的意思是說，小露之所以有過激的夢遊行為，完全是因為最近心情煩躁引起的了？」

沈科不知在想什麼，聲音低沉地問。

我不置可否地搖了搖頭，「這種解釋，只能說是對夢遊症的膚淺理解罷了，如果要搞清楚徐露究竟是為什麼夢遊，而且對外界刺激的反應還表現得那麼強烈，表現形式也那麼詭異，那麼，這問題真的不好解釋。」

苦惱地撓撓頭，我又道：「關於夢遊，我還清楚地記得一個案例。在德國有個叫做烏特．海曼的老女人，她最害怕的就是每天晚上上床睡覺的時候，因為她沒辦法知道夜裡到底自己會做出什麼事情來。

「有時她可能只是老老實實地在床上睡覺，而有時她可能跑到客廳拍打她的攝影機，又有可能把自己的枕頭拿到廁所去，有一次她甚至去測量廚房裡的櫃子。

「那幾年中，在毫無意識的情況下，她做了常人一輩子都無法想像的離奇事情，據說還得了個什麼獎來著！

「還有個叫海曼的孩子，不知道是哪國人，只是每隔一段時間，她就會在夜裡起床，出現在家中的某個角落。有時候，她也會在夢遊的時候自己醒來，每當她發現身處家中的某個地方時，就感到十分恐懼。」

「那小露的夢遊到底是因為什麼？」沈科不耐煩起來。

我撇撇嘴，「鬼才知道！其實對於夢遊這種現象，從科學的角度來看，現在仍然難以解釋。總之，有些研究睡眠的科學家研究了好一陣子，最後得出了些十分狗屁的結論。例如夢遊行為多發生在前半夜。」

「廢話，那時候人都在睡覺，不睡覺怎麼夢遊？」沈雪不屑地道。

「聽我說嘛，沒見我正講得高興？」

雖然口裡正在不斷絮絮叨叨地講著些有的沒有的，但不知為何，我的大腦就是冷靜不下來。

「據說在夜晚前段時間裡，身體為了充分休息，只會做一些最必要的事情，至於為什麼夢遊者的身體，偏偏在這個時候不願留在床上？哈哈，這對科學界來說，還是個謎。

「不過，法蘭克福大學醫院睡眠實驗室的心理學家湯瑪斯．海頓萊希，有個相關的理論。他說：『讓我們設想一下，夢遊是遺傳的，並且與中樞神經系統有關。而且夢遊多在孩子身上發生，在他們進入青春期後，大部分人的睡眠也都會變得正常起來。成年人中，只有百分之一患有夢遊症狀。』

「所以他聲稱，夢遊並不是一種病，它也不像人們普遍認為的那樣與月圓有關，夢遊者也通常沒有心理上的疾病。」

「等等，與月圓有關？那是什麼意思？」沈雪下意識的，望向頭頂的那一輪金黃色的圓月問道。

我也抬頭看了一眼，淡然說：「就像狼人變身一樣。有些人認為夢遊症患者是受到了月亮變化的影響，甚至有人認為，月圓時通常就是一個月陰氣最旺盛的時候，那一晚，受到冤屈的陰魂們，就會四處亂竄，尋找適合自己的人，然後附身在他們身上，將死前的遺憾事情統統做個了結，也就是所謂的有冤報冤，有仇報仇。

「而所謂的夢遊者，在那些人的觀念裡，就是被冤魂附體，從地獄深處爬上來的復仇鬼！」

看著沈雪被嚇得再次緊緊挽住了我的胳膊，我笑起來，「當然，那只是些傳說罷了，根本沒有任何可信度。其實夢遊只是一種病態罷了，雖然原因眾說紛紜，不過夢遊者一般是沒有危險的。

「許多夢遊者甚至不會離開他的床，他只是睜開眼睛，把被子摩挲平整，或者搖搖自己的枕頭，然後重新躺下，閉上眼睛進入夢鄉。」

眼見沈科魂不守舍的樣子，我頓時想捉弄一下他。

「但有時也有例外。」

我神秘地壓低聲音說：「曾經有夢遊者走到大街上，還有人跌出窗外。更令人吃驚的是，有些傢伙夢遊時，會做許多人們在清醒時絕對不會做的事情，比如把冰箱裡的東西都吃光、打掃房間、放音樂……不過，通常，夢遊者的眼神是呆滯的，而且動作很笨拙！」

說到這裡，我們三人同時不由自主地打了個寒顫。

我突然想起剛才徐露的舉動，她用眼神狠狠地瞪著我，掐住我的脖子，甚至咬我，但這些都不是重點，最重要的是，她掙脫我後跑出去的那種靈敏與速度，完全顛覆了科學界對夢遊症患者的定義。

「夜不語，你說有沒有可能……」

沈雪欲言又止，她低著頭，眉間鎖滿了擔心。

我當然清楚她想問什麼，我也知道自己根本無法給她一個正確的答案，於是我只好嘆口氣，不再言語。

四周頓時又寧靜下來，剩下三個人混亂刺耳的腳步聲，不斷打破夜的寂靜。

誰都沒有開口說話，只是有個問題在三人的腦子裡不斷迴盪盤旋，而且越想越是讓人心驚膽戰。

究竟徐露，是不是被鬼附身了？

# 第五章 夢遊（下）

寂靜，四周連一聲狗叫也沒有，相對的沉默，讓這個撒滿月色銀輝的大地上一片詭異，黯淡的夜色中，我和沈科卻是滿頭大汗，不是因為熱，而是因為焦急。

剛才憑著一時衝動跑出來找人，又純粹憑著直覺到處亂竄，等冷靜下來，仔細思索一會兒後，才發現，光憑現在這樣毫無目標、毫無線索的搜尋，恐怕一輩子都沒辦法將徐露那小妮子，從龐大的沈家大宅中挖出來。

於是，我們三人自然而然的停下腳步，圍成一圈商量起來。

「小夜，小露究竟會跑去哪裡？」沈科煩躁不安，就快要發瘋了。

「你問我，我問誰？」我的心情也明顯不好。

沈雪用手輕輕幫我擦拭掉額頭的汗水，輕聲道：「小露不會有事的，只要她醒了可能自己就會跑回來！」

「如果她沒有回來怎麼辦？如果夢遊時出了意外怎麼辦？」沈科驚惶失措地連聲問。

「冷靜！給我冷靜下來！」我用力按住他，沉聲問：「說起來，小雪，徐露那小妮子在開始夢遊時做過些什麼？」

沈雪捶了捶略微痠痛的腿，不無擔心地說：「她在一個勁兒的拉窗簾，不停地開了又關，關了又開，現在想起來，她的動作十分怪異而且生硬，就像左手和右手根本被不同的兩個操控權控制著，左手拚命地將窗簾關上，彷彿想要將某些東西擋在屋外，而右手卻完全不聽指揮，又將簾子拉開。」

說到這裡，她不由得打了個冷顫，身體也因為害怕而微微顫抖，「但最怪異的是，那一連串動作，偏偏流暢得讓人看起來十分協調，一點亂的感覺都沒有，而且發出的聲音也很有節奏。

「那種節奏非常枯燥，越聽我就越害怕，似乎有一大團火焰在腦子裡燃燒，甚至意識也變得模糊，在沒有辦法下，我只好當機立斷，跑出來向你求救了！」

說到後邊，沈雪嗔怒地瞪了我一眼，似乎在用那雙能說話的大眼睛，怪我搞不清楚狀況，還趁機輕薄她。

我頓時假咳幾聲，揉了揉鼻子問沈科，「小科，你認識小露比我久，你有沒有聽說她以前夢遊過？」

沈科大搖其頭，「絕對沒有。小露國三的時候曾經住過一年的宿舍，從來沒有聽她室友提過她患有夢遊症。」

「唉，頭痛。」我苦笑起來，無計可施地望向頭頂的那輪月亮。

由於海拔較高，那輪金黃的圓月也出奇地大，我甚至能看到上邊晦澀的環形山。

突然有個念頭衝入腦海，我全身一顫，猛地用發抖的雙手抓住了沈科的肩膀。

「你把那面屏風鏡扔哪去了？」

「屏風鏡？那和小露有什麼關係？」

我急切地叫道：「你這個木頭，你忘了我曾講過的沈蘭的故事？現在小露的情形就和那女孩一模一樣。」

我感覺渾身冰冷，一字一句地說：「怕就怕連結局也一樣！」

「不會吧。」沈科一邊說，一邊害怕地牙關顫抖，他發瘋地狂叫一聲，向左邊一條小路上衝去。

沒有多話，我拉過沈雪的小手也迅速跟了上去。一路左拐右拐了不知道多少次，就在我快要暈頭轉向的時候，沈科在一座院子前停住了。

「就在這裡邊。」他緩緩地轉回頭望我，神情十分無助，眼睛甚至因為焦急而充血，變得一片猩紅。

記得有個偉人說過，「這世界沒有無緣無故的愛，也沒有無緣無故的恨。」同樣也是這個偉人，他還說過，「不論是愛還是恨，都要付出刻骨銘心的代價。」

或許這位偉人也是受過打擊吧，只是不知道那時的他的神情，會不會變得比沈科這傢伙更難看。

我一邊深有感悟地想些有的沒的，一邊打量眼前的院子。

很普通的地方，其實說實話，沈家所有房子外觀都一樣，絲毫不知道變通，只是前後宅的顏色不同罷了，前宅主要顏色是白色，而那個後宅禁區，是黑色。

如果有幸租上一架直升機從天上鳥瞰的話，不難看出整個沈家大宅形成了一個橢圓形，白多黑少的太極圖案。

由於每個房子都一樣，為了方便區別，院子前的門上通常都會掛住家主人的名字。這棟看起來已經許多年無人問津的宅子也沒有例外，刻著名字的木牌，已經枯朽得發黑了，而且積滿陳灰，月色下，隨著吹拂的微風孤零零搖動著，不時撞在木門上，發出單調的「啪啪」聲，說不出的蕭索。

這樣空置的宅子在沈家還不知有多少，特別是南邊，十室九空，似在暗夜裡哭訴沈家的凋零。

全盛時期，本家的家丁多如天上繁星，原本一有節慶就熱鬧非凡的輝煌日子，已經一去不返，而且再也不可能了……

我並沒有急著進去，先走上前，抹去木牌上的灰塵念道：「沈古穆。」

頓時感覺身旁的沈雪微微顫抖了一下，轉頭一看，居然發現沈科張大著嘴，滿臉驚駭，手上的電筒「啪」的一聲掉在了地上。

「這個沈古穆有什麼問題嗎？」我詫異地問。

「有，而且是很大的問題！」沈雪的聲音乾澀的緩緩道：「這個男人，就是沈梅的老爸。」

「沈梅？」我只感覺一股惡寒爬上了後腦勺，「就是那個和許雄風相戀，因為家人不同意，就上吊自殺的那個沈梅？」

我吃力地吞下一口唾沫，「換言之，這裡……就是她的家？」

上帝！關於那面屏風鏡，如果撇開花癡沈羽這個沒有確定的因素不算，最早的出處就是沈梅家了……沒想到花了二十七年，兜了一圈後，被沈科這白癡，鬼使神差地又將那面該死的玩意兒送了回去！

我用力甩動大腦，將一腦子的疑慮通通壓下。

管不了那麼多了，飛腿一腳踢在還呈石化狀態的沈科屁股上，我示意那白癡帶路，悄無聲息地推開半掩的宅門，走了進去。

雖然躡手躡腳的，依然在地上踩出了「沙沙」的聲音，沈科徑直穿過院子，朝北邊方向走去。

我向四周掃了一眼，才發現這裡的假山也被砸掉了。看來沈家人對老祖宗的命令貫徹得十分徹底，緩緩越過銅獅子時，猛地有股惡寒從腳底竄上了後腦勺。

我頓時轉過身，眼睛死死盯著獅子，全身都在顫抖。

「你怎麼了？」沈雪輕輕拉了我一下。

過了許久，我才從震驚中清醒過來，月色黯淡的撒在那座獅子上，它一動不動，頭高傲地望著古雲山頂的方向，沒有任何異常。

但就在剛才轉身的一剎那，我分明見到那玩意兒用血紅的雙眼狠瞪著自己。

「很累嗎？你流了好多汗。」沈雪用外套袖子在我的額頭上擦著。

我一把抓過她的手，強壓住狂跳的心臟，儘量平靜地道：「我沒事，快跟上去，不要弄丟了沈科那傢伙！」

穿過院子，就看到了止步不前的沈科。他呆站在一個房間的窗前，不知道在看什麼。

我快步走過去，推推他，才發現那傢伙全身泛冷，滿臉煞白，順著他的視線望過去，頓時，我也驚訝地呆住了。

只見屋裡，徐露正坐在那面屏風鏡前，緩慢地梳理著秀髮。

她梳的方式極為怪異，明明是披肩髮，但她每次都梳到了大腿，就像自己烏黑的秀髮過了肩部後，還在虛空中延長，莫須有地搭在了腿上一樣。

沈雪嚇得死命掐我的手臂，嘴唇都白了。被她這麼一掐，我反而痛得清醒過來。深吸一口氣，我走進屋裡，慢慢來到徐露的身旁。

她似乎完全沒有注意到我的到來，依舊一個勁兒地梳理著自己有的和沒有的頭髮，一梳子又一梳子，非常地仔細。

有股莫名其妙的恐懼，浮上本來就已十分慌亂的大腦，我本能地向右邊的鏡子看了一眼。

鏡中，我和徐露一動一靜、一坐一站的相對沉默著。

或許是因為月亮的緣故吧，鏡子在昏暗的夜色裡，泛著黯淡的淺銀色光芒，霍地，鏡中的徐露頭部消失了！她的手在一片空白中依然一上一下地梳著，景象異常的詭異。

我立刻嚇得拚命擦眼睛，瞬間過後，當眼球再次適應了周圍的環境，鏡中映射的物件又恢復了人類常識中的正常。

就在這時，徐露全身一軟，從椅子上跌落下來，暈倒在地上。

□

沈霜孀站在通往後宅的小門前，她猶豫了一會兒，隨即咬緊嘴唇，推門走了進去。

或許沾有沈家血緣的人，都帶有一點乖張的性格，雖然她並不算是本家的人，但性格卻無絲毫不同。

從小她就努力維持著文靜懂事、溫文爾雅的樣子，不論大人要她做什麼，她都儘量做得十分完美，因為她明白，只有這樣，才會有人疼她、愛她。

但對沈科卻不同，在他面前，自己會很放鬆，再也不需要偽裝。

記得第一次和他見面是在十年以前，那時候媽媽指著一個男孩子說，那就是妳未來的相公。

相公是什麼？當時還幼小的她根本就不可能知道，只是覥覥自卑的她的生活裡，從此就多出了一個人，一個自己被欺負時，就會挺身保護她的人。

沈霜孀永遠都忘不了，有一次自己心愛的娃娃被人掛在了樹上，她急得哭了起來，就是那個一直有懼高症的男孩爬到樹上，將娃娃取下來，甚至還因此從樹上摔了下來。當時的她，只能害怕地在他身旁哭，男孩痛得躺在地上，卻伸手抹去女孩的眼淚。

「我說過要永遠保護妳的。」男孩努力笑著說，但女孩卻哭得更厲害了。

如果要說她什麼時候開始發現自己愛上了沈科，或許，就是那一刻吧！相對於感情，還是女孩子比較早熟。

從那天起，每次看到他，她的心臟就會不爭氣地跳個不停，呼吸急促，臉也會紅成一片。甚至，她還會故意躲開他，但是一天見不了他，又會變得十分焦急。

那，就是戀愛的感覺。

可是，男孩子不久後便隨著父母搬出了本家，甚至慢慢地忘記了曾對她說過的話，甚至愛上了別的女孩……

沈霜孀用手摸了摸臉頰，這才發現自己早已淚流滿面了。

清晨的陽光，懶洋洋地撒在沈家後宅裡，照得四周凌亂的枯草一片燦爛，不對，或許說是血紅更恰當，東邊的天際裡，雲彩也是血紅色的，紅得像傷口上結痂凝固住的血塊。

她頓時感覺有一股寒意衝入脊髓裡，裹緊外衣，又向前走了走，她才發現自己似乎迷失了方向。周圍的一切更加紅了，她猶如置身在一片燃燒的草原上。

沈霜孀強壓下內心的恐懼，從口袋裡掏出一本泛黃的筆記本。

她翻開筆記本，在一頁周圍已經被蟲咬得千瘡百孔的紙張上，畫了一張簡易的地圖，看得出畫圖的人，手不知因什麼而不斷顫抖，所有的直線都有起伏不大的波浪。

她仔細辨認著方向，向著古雲山頂的位置走去。

自己絕對不會放棄沈科！從小她就比同齡人更加明白一個道理，幸福是需要自己去努力爭取的。

世界上沒有所謂的緣分，如果不爭取的話，到最後還是什麼都得不到，母親曾經對自己講過一個故事，一個關於財主的故事。

她用瘦得像爪子一般的手，緊緊抓住自己，吃力地講道：「有個曾經家世很好的財主，他好吃懶做，終於將繼承來的祖產揮霍一空，最後只留下了一間很小的房子。

「一天晚上，那財主夢見了土地公，土地公告訴他說，他將會得到一筆橫財。於是那財主終日都蜷縮在床上等橫財送上門，不久後便活活餓死了。

「死後，那財主到了地獄。他向閻王哭訴，狀告土地公。閻王便命令判官將土地公帶來對質。

「那土地公嘆了口氣道，財主命上確實有一筆橫財，只是橫財都埋在他屋子的地板下，財主只需要稍微掃一下地，便會發現。」

母親問她明不明白這個故事的道理。她搖頭，母親便狠狠地打她，哭泣著說她的命來得不容易，所以絕對不能讓自己遺憾。

人生的一切都是要靠自己去爭取的，如果懶得去做，到頭來會是一場空。

沈霜孀十分清楚，她不願意失去沈科，不論付出任何代價，即使把靈魂交給魔鬼，不！甚至是讓自己變成魔鬼，她也一定要得到他。

其實沈家隱藏著一個傳說，一個不是很多人知道的傳說。

據說在後宅的某個地方有一口井，只要衝井口裡大聲喊出自己的願望，那個願望就會實現。

從前原本一直對這個傳說半信半疑，但最近一連串的怪事，讓自己徹底相信了。

四周的景色隨著沈霜孀的腳步不斷變化，終於眼前出現了一塊空地。

在那塊空地的正中央，一口爬滿厚厚青苔的古井露了出來。

沈霜孀流滿淚水的臉上，緩緩浮現出了一絲微笑，一絲十分怪異的微笑……

□

清晨來得十分突然，為什麼要用到「突然」這個詞，是因為自己並非出於自願醒來。原本就勞累了一整夜的我，不情不願地張開眼睛，這才發現，窗外的陽光已經照到了床頭。

十分氣惱地望向房門，我默不作聲地躺在床上，雙眼張得斗大，希望對方會放棄這種製造噪音強迫我起床的愚蠢方法。

但看起來敲門的傢伙不但不識趣，而且還很固執，他見用手敲沒效果，乾脆用上了腳。

「來了！」我惱怒地大叫一聲，翻身開門，狠狠往外瞪去，頓時有一物體因為慣性，重重地敲在了我的額頭上。

「對不起！」沈雪緊張的聲音立刻傳入了耳中。

我使勁揉著被打中的地方，用憤怒到可以殺人的視線盯著她看。

「人……人家都向你道歉了嘛！」她低著頭害羞地說，也不知道現在的狀況哪裡需要她害羞了。

我依然死死瞪著她，哼哼唧唧道：「如果道歉就可以解決問題，就不需要法律了！我要控告妳！」

「你！那你要人家怎麼樣？」

「我要，哼哼……」好死不死的，正在我要好好地教訓這小妮子一番，順便占些便宜的時候，沈科那傢伙跑了過來。

「小夜，老祖宗要見我們！」他粗糙、極富有民族特色的聲音，老遠就灌入了我的耳中，害我差點一腳踢了過去。

洗漱完畢，又被沈雪抓住，強迫我梳理亂糟糟的頭髮。

眼見她將手高高抬起，一梳子就要下來時，昨晚鏡子前的景象又一次衝入腦海，我渾身一冷，很快地躲開了。

「幹麼？」沈雪滿臉疑惑地看了看自己的手，我推開她，死命地搖著頭道：「今天本帥哥不想梳頭，總之也亂不到哪去！」

我照著鏡子，用手將頭髮撥弄幾下，絲毫不在乎她的抗議，飛也似地逃掉了。

和沈科一路無語地小跑去老祖宗的院子。那隻老狐狸正精神奕奕地坐在客廳裡，他對面的桌子上，擺放著一個長一公尺多的烏紫色塑像。

「來了？哈哈，請坐下再說。」老祖宗笑咪咪地盯著我看，老得已經塌陷的嘴旁邊，居然還露出了兩個恐怖的酒窩。我的媽，一看就知道沒什麼好差事。

「老祖宗叫我們來，有什麼事情嗎？」我小心翼翼地措詞。

老祖宗依然笑個不停，而且越笑越陰險，看得我心都發起寒來。

「小娃兒。」他慢悠悠地說道：「先不忙，你們來看看，這個東西到底雕的是個啥。」老祖宗指了指桌子上的雕塑。

我倆的視線立刻飄了過去。剛才進屋時因為距離遠沒看清楚，現在才發現，那玩意兒還挺大的。

直徑大概有一點五公尺左右，高度將近一公尺，以木頭雕刻而成。由於塗上了顏色，一時分辨不出木質到底是什麼。

這木頭雕成了一隻瑞獸的樣子，牛角、獅子頭，通體都有鱗片覆蓋。

沈科看了幾眼，立刻嚷起來，「這不是麒麟嗎？老祖宗，你幹麼拿這個兩歲小孩都知道的東西考我們？」

我心裡一動，不置可否地笑道：「小科，這不是麒麟。」

「不是？」沈科頓時瞪大了牛眼睛，「你居然睜著眼睛說瞎話，這玩意兒不是麒麟是什麼？我家以前的門神貼的是麒麟，每天出門進門都看得見，怎麼可能會搞錯！」

「那只能證明你實在很白……」我突然發覺在沈家老祖宗面前，還是應該給這個傢伙留點面子，咳嗽了幾聲，淡然道：「這是蛟！絕對不是你說的那個腳踩過的地方，就會帶給那個地方好運的瑞獸麒麟，其實很多人都把牠們弄混了。」

我伸手指著木塑下方道：「麒麟和蛟的樣子確實很接近，唯一的區別只在腳上。麒麟的腳是牛蹄，而妖獸蛟的腳是爪子。」我轉頭瞪著沈科又說：「如果真有人送蛟給你家做門神，那傢伙一定是和你有仇！」

那小子尷尬地望向了天花板，而且還看得津津有味，似乎上邊在播放十分吸引眼球的三級片。

我沒有理會他，再次仔細打量著蛟雕，甚至用手指甲在底座上劃了一下，補充道：「這個木質應該是紅酸木，而且看它的做工……嗯，大概是清朝早期。」

「何以見得？」老祖宗摸著下巴的花白鬍子，眼神裡充滿了不知名的神色。

沈科裝作不在意，不過卻不在意地連耳朵也湊了過來，「我很好奇」這四個斗大的字幾乎都寫到了臉上。

我指著蛟的眼睛道：「到了清朝中後期，瑞獸和動物的眼睛都用寶石和琉璃鑲嵌，但是這個木雕的眼睛卻被刻成一圈一圈的，僅僅用簡單的線條來劃分層次，明顯是清朝早期的作品。」

「好！我果然沒有看錯夜兄。」孫路遙突然拍著手，從內堂裡走出來。

他衝我笑著，也不管我當即便沉下去的臉。這個帥得讓我噁心兼且莫名其妙產生敵意的討厭傢伙，自顧自地又說了一句令我頓時目瞪口呆的話。

「既然你看出了這個木雕是蛟而不是麒麟，那麼你有沒有發現，其實沈家每家院子裡擺放的銅像，或許並不是獅子也不一定……」

我頓時呆住了，然後大叫一聲，很快地衝了出去。

# 第六章 失顱

記得有人說過，放在眼皮底下，每天每時每刻每分每秒都能見到的東西，並不一定是你熟悉的。你的大腦會自以為是的，將那些東西自動辨別為某種玩意兒，但事實卻往往和你看到的相去甚遠。

例如你住的房子，你每天都必定會上樓下樓至少一次，經過自己熟悉的樓梯至少兩次，那麼一年就要經過七百三十次，而且每四年會多出兩次來，這樣十年、二十年過後，你已經夠了解這座樓梯的一切了吧。

但是又有幾個人清楚地記得，自己所了解、所熟悉的樓梯到底共有幾階呢？

擺放在院子中的，確實不是什麼銅獅子。

我從上到下仔細打量著，心底越看越冷，甚至忍不住顫抖起來。

沈科毫不客氣地猛拍我的肩膀，粗聲問道：「小夜，這些雕像真的有問題嗎？」

我沉重地點點頭，苦笑著，用乾澀的嗓音說：「原來放在院子裡的銅像，果然另有其物。這玩意兒，是年獸！」

「年獸？」

他吃驚地大叫起來，「那是什麼東西？」

雖然心情十分複雜，但我還是罕見的有耐心解釋道：「年怪獸的由來，最早要從秦代後期算起。據說，牠平常都躲在深山裡捕食百獸，可是一到了冬天，山中的食物逐漸稀少了，那怪獸便會跑出山，闖進村子裡，搶奪食物，傷人傷畜，於是每到冬天，每個村子都會惶恐不安。」

老祖宗和孫路遙也走了出來，側耳仔細聽著。

我舔了舔嘴唇，又道：「年獸雖然恐怖，但卻害怕三種東西：一是鮮紅的顏色，二是明亮的火光，三是巨大的聲響。

「於是所有的村子聯合起來，讓每家每戶都準備這三樣東西，希望年獸不敢再進入村裡搗亂。

「又到了冬天，村裡的每戶人家，無一例外的將門塗抹成紅色，門口燒起熊熊燃燒的火堆，晚上大家都沒睡覺，在家裡敲敲打打，而且發出巨大的響聲。

「夜漸漸深了，年獸在村口出現，見到村子裡到處有紅色的東西，處處有火光，又聽到村子裡不斷有巨大的聲音傳出，牠頓時惶恐不安起來，掉頭就躲進了山裡，而且從此，不敢再出來傷害村民和牲口……」

「停！打住！」沈科喊道：「這不就是『年』的由來嗎？幹麼把這種不吉利的東西當作護院寶，堂堂正正地擺在家裡？」

「這就要問你家的老祖宗和風水師了！」

我大有深意地看著裝傻的沈家老祖宗，以及站著不動、臉帶微笑擺酷的孫路遙，一個字一個字地緩緩說：「年獸是妖獸，如果我猜得沒錯的話，用它來護院，根本不是用來保護什麼沈家所謂的風水，而是在壓制某種東西！」

老祖宗和孫路遙微微一顫，看來是被我說中了。

沈科吃驚地張大嘴巴，正要說什麼的時候，院子裡突然闖進了一個人，是沈雪。

她滿臉都是汗水，氣喘吁吁地衝我吃力喊著，「小夜，還有小科……小露她，她出事了！」

□

好疲倦！眼皮重得無法張開，就像被萬能膠緊密地黏了起來。

徐露感覺自己躺的地方很舒服，溫暖、有安全感，讓人的心莫名其妙地變得十分寧靜，就像是在母親的子宮裡。

如果不是老感覺很累的話，一切就都完美了！

有人在身旁推自己，那雙手很柔軟，但也很冷。

它像是在和她開著玩笑，不斷撓著她的脖子冰她，終於，她懶洋洋地張開眼睛，心不甘情不願地向那雙手的主人望去。

周圍，什麼也沒有。

她這時才發現，自己置身在一張被紅色的蚊帳籠罩起來的床上，很古香古色的床，她輕輕用手撫摸著床頭，觸手生溫，像是木頭的地方軟綿綿的，而且還非常有規律的一脹一縮蠕動著。

徐露絲毫不會感覺到害怕，只是很好奇地揉了揉眼睛，木頭的地方還是木頭，只是伸手接觸，感覺依然在不斷收縮，如同有生命一般韻律感強烈地蠕動著。

徐露不耐煩起來，她撥開蚊帳去找鞋子，這才發現，自己原本的那雙白色休閒鞋不見了，只有一雙紅色的繡花鞋，孤零零地擺放在床邊。

她猶豫了一下，最後還是無奈地穿上，從床上走了下來。

她略微打量四周，這是個不大的房間，當然，如果要拿自己的臥室比較，也不能算小了，正方形，大概接近四十平方公尺，而且看得出來是個女人的閨房，屋子裡的所有擺設都經過精心設計，每一寸地方都恰到好處地放著名貴的古董家具。

只是整間房間的色調偏暗，所有的東西都是朱紅色，會讓人感覺壓抑。

徐露深深吸了口氣，但頓時就捂住了自己的鼻子。

就在剛才空氣灌入她的鼻腔中時，有一股噁心的怪味也隨之衝了進去，臭得她大腦也有一剎那的停頓。

不遠的桌子上燃燒著一根蠟燭，不知道從什麼時候起，它的光芒變得縹緲，四周也不斷飄繞開一絲一絲的紅色煙霧。

這些血紅色的煙霧，猶如斬不斷的流水般堅韌，不論她用手怎麼揮動，也不見它們移動絲毫，甚至還會無恥地纏繞上她的手。

徐露無奈地不再理會它們，繼續打量四周，然後，她看到了一面十分眼熟的屏風鏡。

她走過去，用手輕輕撫摸著鏡面，大腦飛速工作著，但是不論她怎麼拚命回憶，還是想不起在什麼時候、什麼地方、因為什麼，而接觸過這面鏡子。

她後退了幾步，發覺鏡中的自己實在很苗條，於是她輕快地開始跳動，看著那個飛揚的身影不禁癡迷了，只是在內心深處卻絲毫激動不起來，仔細想想，鏡中的自己似乎少了些什麼。

對了！怎麼沒有頭？

自己的頭到哪去了！

還有脖子，脖子也不見了！

她對著鏡子，不斷撫摸著自己的臉和脖子。

鏡中，自己缺少脖子和臉孔的手部活動，顯得異常怪異，背後原本已經夠詭異的燭光，霍地一亮，變為了一片血紅。

血腥味不斷灌入鼻子裡，大量的血不知從什麼地方突然噴在鏡子上，順著光滑的鏡面向下流，如同小溪般，緩緩淌到了地面，如有生命般，尋著自己的腳跟，流了過來……

徐露大喊著從床上坐起，大口大口地呼吸著新鮮空氣，她困惑地望著已經爬到手臂上的陽光，許久才反應過來，已經是早晨了。

原來只是一場夢！還好只是夢……

她用力按著依然狂跳不止的心臟，翻身下床，走到洗漱台前，用手將水潑到臉上，取了毛巾擦乾後，又抬頭條件反射似地望向鏡子。

頓時，一種無與倫比的恐懼，猛地竄入猶有餘悸的心口。

她臉色煞白，用手強捂住嘴，喉嚨中有聲音在「咯咯」作響著，終於，她瞪得豆大的眼睛一白，暈了過去。

在意識消失的最後一刻，她依然絕望地見到鏡中的自己，在頭部和脖子的位置，竟然變成了一片空白……

□

沒有說多餘的客氣話，沈科顯然比我還急，用力拽著我的胳膊，就朝外跑去。

「究竟發生了什麼事？」我抱歉地衝老祖宗笑著，一邊走得飛快，一邊詫異地問沈雪。

只見她皺著眉頭，臉上帶著一絲不清不楚的神色道：「我也不太清楚，可是小露清早一起床，就用凳子將鏡子砸得粉碎，就像瘋了似的！」

回到入住的地方，還沒走進去，就聽到「啪嗒」一聲響，接著又是一聲玻璃摔壞的聲音，也不知道那小妮子已經開始砸第幾面鏡子了。

我們三人加快腳步進了房間，才發覺她瘋得還不是普通的嚴重，屋子裡所有可以映出她樣子的東西全都被扔了出去，房間裡已經完全沒有了玻璃製品，就連窗戶也被砸破了。

整個房間空蕩蕩的，徐露就蜷縮在床角，身體不停地發抖。

「小露，妳怎麼了？」

沈科小心翼翼地走過去，伸手想拍拍她。

就在手就要接觸到她的身體時，徐露猶如一隻受到極大驚嚇的小鹿，反應強烈地翻下床，躲在了對面的牆角。

沈科的手就那樣呆呆地懸在空中，許久都沒有改變姿勢，臉色也變得十分難看。

我的視線一直跟著精神狀態非常不妙的徐露，只見她嘴裡不停地在唸著什麼。

我猶豫了一下，接著快步走上去，一把抓住了她的胳膊。

小露死命地掙扎著，雙手用力抓著我。

「妳怎麼了？該死的，到底怎麼了！」我沒辦法再顧慮沈科那傢伙會有什麼感受，用力將她抱住，死死地抱住。

她的嘴巴緊緊貼著我的肩膀，這時才終於聽清楚，她一直都在嗓子裡轉個不停的聲音。

「我的頭、我的脖子……不見了！都不見了！」

頓時，一股寒意從腳底竄上了頭頂，莫名的恐懼，令我全身的毛髮幾乎都豎了起來。

不過，那句話到底是什麼意思？

不由自主地望向她，她的脖子和腦袋依然好好地留在它們該存在的地方。

屋裡玻璃的碎片灑了一地，我的視線從她的身上轉移到地上，又向周圍打量起來。

小露究竟看到了什麼，居然會讓她怕得發瘋？寧願強迫自己的大腦處於非正常狀態，也不願意清醒過來，面對她眼中的事實？

又是什麼東西，會讓她變成一個破壞狂，瘋子般地將好好的房間弄得一片狼藉？

房中的家具都被她扔了出去，偌大的房間裡，只剩下了一張床，究竟，她在害怕什麼？

好不容易才等到小露安靜下來，但她依然什麼都沒有解釋，只是一個勁兒地哭，滿臉的絕望。

沈科靜靜地坐在床邊，用力的握著她的手，死死地握著，就像他一放手，眼前自己最愛的她，便會永遠離開似的……

我輕輕一拉沈雪，走了出去。

大口大口吸著這個多事早晨的新鮮空氣，漫無目的地和沈雪在沈家大宅裡散起了步。

「妳知道嗎？」我苦笑著淡然道：「有人說，智慧的代價是矛盾，這是人生對人生觀開得最大的玩笑。

「其實我一直都不知道，自己現在做的事情哪些是對的，哪些又是錯的，或許當我在死亡的那一刻才會逐漸了解吧……所以我常常告誡自己，現在能做的，就是盡力做好每一件事，然後躺在椅子上等死！」

「抱歉，我對富有哲理的東西一向不感興趣。」沈雪用小指輕輕勾著我的手，說道：「你有什麼話就直接說出來，不要拐彎抹角的。」

「那妳告訴我，對於小露的事情，我是不是有地方處理錯了？」

我停住腳步，望著她的眼睛，自責地說：「或許，她變成現在這個樣子……一切都是因為我造成的！都怪我太好奇了……該死！如果我什麼都不管的話，說不定什麼都不會發生！」

「不對！你沒有錯！」

沈雪抓住我的雙手，拚命地搖頭，搖得眼淚似乎都快流了出來，她說道：「自始至終，你都沒有錯！我倒更相信這一切都是個大圈套，一個不知道目的，也不知道誰是餌的圈套。

「冥冥中，肯定有一隻手在操弄這一切，最近發生的所有事情，都是那東西搞出來的。小夜，你也發現了吧，沈家好像有什麼變了，只是感覺……但我就是覺得有東西不一樣了，就像，就像有什麼在遙控我們的一舉一動、一言一行，把我們推向它早已經準備好的坑前，就差誰從後邊踢上一腳了！」

我略微有些詫異地望著眼前這個女孩，一直以為她很糊塗，神經更是粗得像桌子腳，卻不知道她的感覺居然如此敏銳，甚至想到了許多就連自己也沒有注意到的地方。

在沈家亂逛了不知多久，我們兜了一個圈子後準備回去。

突然，眼睛發現了一個奇怪的現象，我呆呆地站在一個院子前，死死地盯著門上的牌子看。

「你又怎麼了？」沈雪用力搖了搖我。

我絲毫沒有移開注意力，只是唐突地問道：「小雪，妳在沈家本宅待了多久了？」

「我出生就待這裡了。」

沈雪雖然覺得我的問題很奇怪，但還是乖乖地回答。

「那妳對沈家應該夠熟悉吧？」我的眼神飄向了南邊方向，房子的隔鄰，就是我們一行人落腳的院子。

「當然熟悉啊！」她發現了我問她的語氣怪怪的，似乎隱藏著什麼，「你問這個幹麼？」

「等一下再告訴妳原因。」

我神秘地笑道：「先告訴我，如果沒有門牌的話，妳可以清楚地記得，自己經常串門的人家的確切位置嗎？」

「不可能！」沈雪毫不猶豫地搖頭道：「沒有門牌的話，我恐怕連自己家也會找不到。這裡所有的宅子都是一個模子印出來的，即使熟悉路，從外邊看也根本就分辨不出自己要找的房子。」

我眼中頓時放出了光，繼續問：「那也就是說，沈科那並不是常常回家的傢伙，根本不可能記得自己家的準確位置，只能全靠門牌來當作路標了？」

「如果是小科那白癡，絕對有可能！」

「很好，那妳說，」我望著沈雪的眼睛，緩緩說道：「如果有人，出於某種目的，偷偷將沈科的門牌和隔壁偷換，讓那小子的家，平白無故地往前移動了一個位置，以他遲鈍的性格，應該也很難發現。」

「你說什麼？」

沈雪震驚地眼睛圓瞪，渾身僵硬，就這樣呆愣在了原地。

我大感有趣地一邊指著門牌，一邊解釋道：「我早就發現附近的院子閒置很久了，既然沒人用，為什麼只有這戶人家的門牌特別？

「妳看，它和門接觸到的地方並沒有灰塵，也就意味著在近期有人移動過。

「還有，空置的房子中的物品，其他沈家人有隨意使用的權利，房間的用途被人改變了，或者擺設改動過，這些也都不會讓老久才回來一次的粗神經沈科感到奇怪。

「只要門牌是掛著他老爸的名字，他就絲毫不會懷疑，更不會想到其實已經有人對宅子動了手腳。」

我舔了舔嘴唇，繼續道：「其實昨晚我就和那傢伙談到，或許現在住的地方並不是他的老窩。現在，證據總算是有了。」

我說完後，一腳踹在門上。

應該有一年沒有開過的門，「吱嘎」一聲向左右兩邊分開了。頓時一條小路露了出來，向庭院裡不斷延伸。

「你想做什麼？」沈雪被我的舉動嚇了一跳。

我笑著，往裡邊望去，「當然是進去看看。那個人的目的就隱藏在裡邊也說不定。」

突然感覺有股惡寒從敞開的院門裡，緩緩散發了出來，那扇大門就如同一張張牙舞爪的大嘴，它咧開猙獰的笑容，靜靜地等待我們踩上它的舌頭，向它的胃自投羅網。

深吸一口氣，我強作鎮定地抬腳，邁了進去……

# 第七章 照片

曾經聽過一個故事，有個牛奶商對雇員說：「看到我在做什麼嗎？」

「您在把水倒進牛奶裡。」雇員答道。

「不對，我是把牛奶倒進水裡。如果有人問你，我是否把水倒進牛奶裡，你要如實回答說沒有。」

牛奶商繼續說：「作弊已經很糟糕，要是撒謊可就更不好了。」

請相信，這個故事和我現在的心情完全沒有任何關聯，但不知為何，腦海裡偏偏浮現出來。

其實仔細想想，同樣一個動作一件事情，往往都有兩種不同的說法，只是要看你究竟是屬於哪種傾向的人了。

早在很早以前，我就給自己定了位置，我清楚自己有很強烈的好奇心，而且好死不死的，那股好奇心根本不受控制。

還有，我的狗屎運氣超好，這也是我不斷遇到千奇百怪、怪異莫名的事件後，還能活到現在的原因。

另外，我很理智，也很偏執，我對鬼神的東西半信半疑，雖然見過不止一次，但直到現在，還妄圖用科學知識去解釋一切。

或許在很多事情上，我過度在意對一切不尋常的事情做出合理解釋，反而忽略了許多顯而易見的本質。

帶著胡思亂想，我一步又一步地向宅子裡走。

沈雪略微有些遲疑，最後緊咬嘴唇，快步追上了我。

她緊緊地挽住我的胳臂，豐滿柔軟的胸部就這樣隔著幾層布，全貼在了我的手臂上，害得我大腦一時間有些混亂。

好不容易才回過神，這才發現我已經如行屍走肉般，來到了院子的正中央。

向四周微微一打量，擺設和其他院子沒什麼不同，年獸銅雕靜靜地傲然挺立，死死盯著古雲山頂。

地上長滿了雜草，一些生命力強的月季從三十多公分深的草叢裡，吃力地掙扎出來，有氣無力地綻放著花朵，看起來，並沒有任何奇怪的地方。

「我們還是快出去吧，沈家空置的宅子大多都是這個樣！」沈雪害怕地催促道。

我慢條斯理地仔細觀察著地上，突然發現了些東西，蹲下身子，扒開表面的雜草，我笑了。

「看來最近幾天有人進來過，而且還不止一個。」

「哦？從哪裡看出來的？」沈雪滿臉不信。

我指著眼皮底下的雜草說：「妳看，院子到門口的地方，草叢裡出現了一條延伸到對面屋子的細微線條，那是人走後留下的。因為這裡的風不是很大，所以幾天內的痕跡應該能保存下來，嘿，有趣。」

我拉了拉她，又道：「我們進房間裡看看，說不定會有什麼意外的收穫。」

穿過院子，推開對面的房門，我們果然找到了一個意外收穫。

一具男性的屍體靜靜地躺在客廳裡，已經開始腐爛的屍體，淡淡地散發著噁心的臭味。

絲毫沒有心理準備的我們，頓時呆住了！

沈雪抓住我的手臂，越抓越緊，她瞪大了眼睛，一眨不眨地用視線和那具流出水的屍體做全面接觸，終於大腦因為負擔過度，身體一偏，暈了過去……

接著的事情就相對簡單了。

沈科的叔叔，也就是古雲鎮的警察局長沈玉峰，俐落地出現在被人圍得水泄不通的院子裡。

他十分專業地封鎖了現場，問了我幾個問題後，輕聲嘆了口氣，「最近不知道本家怎麼了，到處都是怪事，難道真的是因為風水？」

「那具屍體是誰？頭破了個大洞，恐怕是他殺吧。」我疑惑地喃喃問道。

沈玉峰拍了拍我的肩膀，瞥了被我無情地扔在院中草叢裡、昏迷不醒的沈雪一眼，啞然失笑道：「你就是這樣憐香惜玉的嗎？也不先找地方把我侄女安置好，當心那個把自己女兒當命的老爸，抓起斧頭來砍你！」

我尷尬地撓了撓頭，無奈地說：「那你調查得差不多時，記得告訴我一聲。我先把那小妮子抬回去。」

說真的，剛剛事發突然，我根本顧及不了她。

如果沈雪這傢伙要知道我把她一個人丟在死過人的地方，她不殺了我才怪！

還好這件事知道的人並不多。我用手抱起她，哇！看起來瘦瘦小小的，沒想到居然這麼重，只是不知道胸部占了整體重量的百分之幾？

一路想些有的沒有的分散注意力，一百公尺不到的距離，直讓我的手臂痠痛不止。

幾乎過了一個世紀，我才踹開自己的房門，不負責任地將她扔到床上，然後立刻朝徐露的房間走去。

小露依然昏迷不醒，沈科神情頹廢地一直拉著她的手，動也不動，深情地望著她的臉孔，但是他那副尊容深情起來，幾乎讓我忍不住想吐。

再次想起徐露早晨喃喃唸著的那句話……

「我的頭，我的脖子。不見了！都不見了！」

不由自主地，我的視線徘徊在她的頭部和頸部上，雪白的脖子很纖細，也很美，她的臉孔在睡覺時，更是純真得一塌糊塗，就像天使一樣，根本看不出眼前這個沉睡的女孩，清醒時性格像個男人婆。

一切都很正常，除了有點白得不健康外，我實在看不出小露有什麼值得害怕的。

但是，她幹麼將所有可以照出樣子的東西，通通都扔到了院子裡？

難道……

我心裡一動，隨手撿起一塊鏡子的碎片向她照去，做好了一萬個心理準備，也做了最壞的打算，我看向碎塊，鏡中的她依然體形完整，並沒有缺胳臂少腿什麼的。

終於放下了心中的大石頭，我長長吐出一口氣，準備離開。

突然，有一道冰冷的視線，緊緊貼在了我的背後。

莫名的寒意似乎無止境地從背上擴散到全身，甚至將我的腦神經也凍結了。

我臉色煞白，僵硬地緩緩轉過頭去，才發現徐露不知什麼時候醒了過來，正用一種陌生的眼神，死死地盯著自己。

那眼神，就是令我恐怖的根源，彷彿有個無形的巨手死命掐著我的脖子，我想反抗，但卻連一根手指也無法動彈。

「小露，妳醒了！」她身旁的沈科正好抬起頭，用儘量溫柔的聲音問：「想喝水嗎？我去倒給妳。」

所有的寒意在那一剎那消失無蹤，我感覺全身一鬆，大口喘著氣，幾乎要癱倒在地上。

徐露閉上眼睛，什麼話也沒說，翻個身，面向牆壁又睡著了。逃似地連滾帶爬，躲進雜物房裡，我越想越感覺不對勁兒。

剛才她那是什麼眼神？

不！絕對不是徐露，甚至，連人都不能算，世界上沒有誰的眼神，能嚇得我差些大小便失禁……

那麼剛才，究竟是怎麼回事？

難道說，小露真的有不妥的地方，但只有她自己能看到？那種東西不但嚇得她神經不正常，還讓她產生了雙重性格？

大量的疑惑如亂麻般衝入腦中，我大為惱火，鬱悶地狠狠一腳踢在了木門上。只聽「咚」的一聲響，我抱起腳狂跳，痛得眼淚幾乎都要飆了出來。從小到大，我還真沒有像最近這麼窩囊過。

疑團一個接著一個地不斷湧來，多得就像是在下雨，但我卻連一個都無法解開，氣惱得我幾乎要步上徐露的後塵了！

「冷靜！先冷靜！」

我用手輕輕撫摸胸口，將呼吸理順後，才想起自己的行李也放在了雜物房裡，背包中有個照相機，或許用肉眼無法看到的東西，能在膠片上顯現出來。

吃力地將徐露帶來的一大堆東西從我的背包上移開，我不經意地抬頭，看到了被我抓來的青蛙。

牠蜷縮著身體，眼睛偏偏又古怪地睜著，黑黑的眼珠一眨不眨地盯著我，直看得我冷汗都流了出來。

牠的眼神冷漠，我沒有研究過青蛙，或許牠的眼神從來就如此吧！只是不知為何，就是感覺那如同寒芒的視線中，有股更深層次的意義，說得更擬人一點，或許是，嘲笑！

強迫自己不再去想牠的古怪，我拿了相機走出門去。青蛙的命果然很強韌，僅次於蟑螂。把牠關在密閉的空間裡幾十個小時，沒換氣，也沒給牠食物，牠居然還活得好好的，還有時間悠閒地瞪著我玩。

少有的發了點善心，也可能怕弄死了這個稀有的樣本，總之我一反常態，抓了幾隻活蒼蠅扔進去給牠當午餐。

記得課本上有說，青蛙只看得到移動的東西，牠會靜靜地待在某個地方，守株待兔，等到有飛蟲飛進自己的地盤，然後飛快地吐出舌頭，用極有黏性的舌尖，將蟲子捕捉後吞進嘴裡……那，簡直就是在放屁！

至少我眼前的這隻該死的青蛙，完全顛覆了那個常識。

玻璃盒裡的怪蛙，任蒼蠅在牠的身旁亂飛，眼睛也沒有跟著牠們骨碌碌地轉動，依然死死地盯著我看，接著，開始用十分刺耳的聲音，沙啞地叫了起來。

這玩意兒還沒餓嗎？

我仔細地打量起牠，突然發現了個奇怪的現象：怪蛙脖子下的皺摺，並沒有像其他蛙類那樣，一收一縮的將空氣壓進去。

眾所周知，蛙類的黏膜皺摺，是長在嗓門裡的一對發音器，也叫聲帶。蛙類圓鼓鼓的大肚子裡邊，還有一個氣囊能起共鳴作用，當蛙類瞪著眼睛，鼓著腮幫子唱起來時，聲音通過氣囊的共鳴，會變得格外洪亮。

既然牠的氣囊沒有動，也就意味著牠沒有發出聲音，那麼，我耳中聽到的叫聲又是從哪裡傳出來的？難道牠另有發聲器？

我頓時來了興趣，正想將這隻怪蛙拿出來仔細研究一下時，整個人猛地呆住了。

蛙叫的聲音從背後傳了過來，先是從很遙遠的地方，然後越來越近，聲音也越來越多。聽起來並不止一隻。

我渾身發冷，全身的寒毛都被嚇得豎了起來！

蛙叫的聲音猶如噩夢般不斷撞擊著我的神智，近了，似乎已經到了腳邊。我的牙齒止不住地顫抖，緩緩向下望去。

數不清的怪蛙黑壓壓地塞滿了整個雜物房。

牠們衝我叫著，死死地瞪著自己，接著，無數隻怪蛙高高跳起，張開嘴巴向我壓了過來。

光線在被怪蛙蓋盡時，我看到了牠們嘴裡的牙齒，白森森的牙齒……

□

「哇！」

我按住狂跳的胸口，從夢裡醒了過來。

好可怕的夢，幾乎都快以為自己已經死掉了！汗水還是一個勁兒地往外冒著，我用手抹去額頭的冷汗，深深吸了好幾口氣。

自己什麼時候昏倒了？

看看周圍，我躺在雜物房的地板上，手裡緊拽著相機。臉旁就是裝著怪蛙的玻璃盒子。蒼蠅硬邦邦地死在玻璃壁上，那隻蛙像石頭一般又蜷縮了起來，令人討厭的眼睛也閉著，但總覺得哪裡有些不太一樣了。

我站起身，細細回想著。

對了！是體型！這玩意兒的身體，明顯比昨天見到時大了一圈。

以蛙類緩慢的新陳代謝，就算是在生長速度最快的蝌蚪期，也沒有長這麼快的，何況還在空氣不流通，沒有水，也沒有食物的環境下。

普通蛙類遇到這樣的狀況，不冬眠已經算意志力堅強了！

這東西果然很古怪，還是趁早銷毀掉吧！

我有些猶豫是否該手起刀落，但又怕絕了這個後患後，真的會在自己手裡消失一個物種。兩種思想碰撞了許久，終於我嘆了口氣，將玻璃盒好好地放了回去。

還是再觀察一段時間吧。

手裡拿著相機走進小露的房間，我謹慎地保持一定的距離，然後對著床上的她一陣猛拍。

沈科轉過頭不解地望著我道：「小夜，你這是在幹麼？」

「找點線索罷了。」

我一邊拍，一邊示意他將徐露翻身，好拍她的正面。

那傢伙或許最近也累積了一肚子的氣，衝我大吼，「該死！小露已經變成這樣了，你到底還想怎樣！」

「我想救她！」

我看也沒看他一眼，自顧自地趁著小露翻身的機會，又拍了好幾張。突然想起了個嚴重的問題，我撓撓腦袋，問：「這哪有沖底片的地方？」

沈科拿我沒辦法，洩氣地說：「小雪家有暗房，也許可以請她老爸把照片沖出來。」

「我去拜託我爸好了，他的技術很棒，一個小時就能拿到照片！」沈雪從我的房間走出來，她的臉上毫無血色，大概是還沒有擺脫見到屍體的恐懼。

我衝她笑著，「還是我和小科去，妳留在這裡陪小露。不要忘了，今天可是二十九號，根據你們老祖宗的意思，不論是女人還是女孩，只要是母的，就連蒼蠅也不准飛進妳家裡去，妳老爸可能正在家裡發悶呢！」

□

沈雪的老爸沈上良果然很悶，她的二伯和四伯帶了一大堆人，將她家圍了個水泄不通，也順便把沈上良困在房間裡，不准他出去。美其名曰為鞏固第一戰線，其實就是變相的軟禁。

我和小科費了一游泳池的口水，才大汗淋漓進了門，沈上良一見到我們，頓時笑逐顏開。

「你就是夜不語？我女兒常常提起你。哈哈，果然一表人才！」

他用看女婿一般的挑剔眼神，在我周圍轉了一圈又一圈，直看得我寒氣上冒，這才乾笑了幾聲，說出一句差些讓我跌倒的話，「小夥子，有沒有意思當我女婿？我女兒可是很多人在追喔，不早點預訂小心她飛掉。」

我不住地擦著額頭的冷汗，暗中狂踹魂不守舍的沈科，要他幫我解圍。但那傢伙根本沒注意我的暗示，用手揉了揉痛的地方，繼續眼神呆滯地望著天花板發愣。

「這個，我還小。哈哈……」我辛苦地找話回，結巴道。

「沒關係，怎麼說我也留過洋，思想不比你們年輕人差多少。」他大度地揮揮手，「先訂婚好了，至於什麼時間結婚，那就是你們年輕人的事。唉，嫁出去的女兒就是潑出去的水，我管不上咯。」

我再次確定了，每個沈家人絕對都有些古怪的毛病。

譬如說，眼前的這位偏執狂，真令人頭痛，怎麼就絲毫不考慮對方的感受，老是固執地認為，自己的想法就一定是對方的意志呢？

「沈叔叔，您說笑了！」

我打著哈哈，將手中的膠捲遞過去，岔開話題道：「可以請您幫我們把膠捲洗出來嗎？我們急用！」

沈上良又看了我一眼，點頭說：「既然是女婿的要求，當然沒問題。等我三十分鐘就好！」

我的天！這固執的中年老男人怎麼老咬著那話題不放？我用大拇指按住太陽穴，

用力揉起來，和他說話，實在是太耗費精力了！

毫不客氣地為自己沖了一盅上好的濃茶，我舒服地坐在椅子上，靜靜享受這一少有的安靜等待時間，腦子也沒有閒著，飛快地整理著最近發生過的一切。

似乎我們一走進沈家大宅後，就一直厄運不斷，其中最倒楣的是徐露。

自從她照了那面擺放在房間裡的鏡子後，她身上不斷發生怪事，晚上夢遊，不但讓她莫名其妙到了沈家後宅、那個花癡沈羽房間下的密室裡，還差點讓我們被嗜血的植物當作儲備糧食存放起來。

看上去，似乎所有的問題都出在那面鏡子上。

雖然讓小露換了房間，屏風鏡也扔掉了，但到了晚上她依然在夢遊，居然自己找到了鏡子的地方，詭異地梳理頭髮。

如果要追溯怪事發生的原因，老早以前我就注意到，一切或許都是因為沈上良故意移開年獸的銅像、修建噴水池造成的。

我抬起頭，視線穿過客廳，移到了院子裡。

那裡新修的噴水池已經被挖平了，雕像也恢復了原位，只是老感覺這兒的氣氛很古怪，心也像被什麼東西緊緊地揪住了似的，呼吸很不順暢。

最近我甚至也開始懷疑起來，說不定這一切，真的是因為沈家的風水被破壞了吧！沒等半個小時，沈上良已經拿了照片走出來。

他的臉色很古怪，皺著眉頭，低聲對我說：「洗了幾十年的照片，我還從沒有見過這種情況。」

我接過照片仔細看起來，越看臉色越沉，我全身僵硬，用乾澀的聲音問：「你確定不是沖洗的時候出了問題？」

「不可能。」

沈上良面色凝重地搖頭：「如果有問題的話，也只有可能是個別的幾張，但這裡每張照片上都有那種現象，絕對不是沖洗出錯，也不是曝光的原因。」

沈科沉著臉，疑惑地盯著我問道：「你們究竟在說什麼？」

我憂慮地看著他的眼睛，嘆了口氣：「小科，你記得今天小露醒來後，一直說的那一句話是什麼嗎？」

他遲疑地搖搖頭。

「她不停地說：『我的頭，我的脖子……不見了！都不見了！』」我將手上一疊的照片遞給他，「現在你再來看看照片。」

沈科狐疑地接過照片，只看了一眼，頓時條件反射似的站起來。

他渾身顫抖，照片一張張從他無力的手中滑落到地上。

照片裡，每張有小露的地方，她的頭和脖子都是模糊不清的一片，只剩下其餘的部位，孤零零地擺著怪異的姿勢。

她的頭顱和脖子，真的不見了……

# 第八章 二十九（上）

有人說，能沖刷一切的除了眼淚，就是時間，以時間來推移感情，時間越長，衝突越淡，彷彿不斷稀釋的茶。

其實這句話說得對，也不對。

感情是隨著蜜月期的過去而逐漸淡化，離開蜜月期越長，兩個人之間的關係越淡，到那個時候便會出現兩種情況，

一是你逐漸習慣有他在身旁的日子，似乎有他的陪伴是天經地義的，只是生活趨向於平淡，再也不會激起漣漪。

還有一種是屬於感性重於理性的人，他們在乎感覺，在乎刺激，討厭平淡。當兩人的關係逐漸平穩，一步又一步邁入沒有波瀾的直線時，雙方會很理智地談分手，往往女生還會流下那麼一滴眼淚。

然後第二天，他們又會帶著百分之九十良好舒適的感覺，到咖啡廳裡相親，或者在街上閒逛，試圖再次尋找一個百分之百完美的愛情。

沈科和徐露的感情是屬於前者，兩個人在一起實在太久了，從小學三年級就同班，一直到高二。

八年的時間，對他們年輕的十八歲生命而言，佔用了百分之四十四點四的時間，早已清楚了解對方的優缺點，也早已熟悉對方在自己生命中的存在。

就因為過於熟悉，反而產生了顧慮，一些原本不容易說出來的話，就更加不容易說出口了，這也就是為什麼他們能長久地玩這種感情拉鋸遊戲的原因。

說出以上那段話的時候，我正和沈雪站在窗外，靜靜地看著屋裡的徐露和沈科。

「你分析得還滿有根有據的嘛！小女子佩服！」沈雪信服地連連點頭。

我知道她在努力地緩解沉重的氣氛，也笑道：「當然，我可是愛情專家夜不語，我能夠很透徹地將別人的感情分解成原子狀態，徹底地分析研究。」

「那你對自己的感情呢，有研究過沒有？是依然一籌莫展？還是留了個位置在那裡，準備將來有合適的人後再填上？」

沈雪不知在想些什麼，呆呆地望著我的眼睛，問道。

我苦笑起來，「我的感情很簡單，簡單到妳沒有辦法想像。」

「你說這句話的根據在哪裡，我就已經沒辦法想像了。」

她絲毫沒有淑女形象地拍著我的肩膀，又說：「我們留一點空間給那兩個木頭人吧，趁天沒黑之前，出去走走。」

「早晨出去散步才發現了一具屍體，現在又去，妳不怕再遇到什麼啊？」我打趣道。

「你要死啊，這麼晦氣的話也說得出來。呸呸呸！」

她連吐了三口唾沫消災，然後衝我嗔道：「走不走啊，我覺得渾身不舒服，大概是被屋裡的兩個大發電機燒到了！」

我聳了聳肩膀，不置可否地還想說些什麼。卻被沈雪一把挽住了胳臂，拖了出去。

□

沈科靜靜地坐在徐露身旁，他緊握住她的手。那隻手纖細柔軟，而且溫暖，她靜靜地閉著眼睛，長長的眼睫毛微微顫抖，如同一隻可愛的小鹿。

沈科又一次確定著，眼前這個最愛的女孩的脖子和腦袋。她的脖子細長白皙，膚色也很正常，實在看不出哪裡有奇怪的地方。但是剛才在照片裡，自己明明清楚地看到，她的頭和脖子模糊一片，幾乎呈現透明的狀態。

既然小夜說照片沒問題，有問題的就一定是徐露！照片只是真實地將她的一切反映出來。

對於小夜，雖然他的話往往匪夷所思到自己忍不住驚訝，甚至反駁的地步，但他從來就沒有懷疑過。

自己跟著夜不語也經歷了許多古怪的事情，常常以為自己的神經早就能抵抗任何衝擊或者震撼。

但是看到小露沒有頭和脖子的照片的那一刻，自己還是忍不住昏了過去，不是因為被嚇到，而是因為恐懼，他害怕自己會永遠地失去她。

感情這種東西沒有人能夠說清楚，他更不能。

自己和徐露的感情長跑已經開始多少年早忘記了，或許雙方都在等待對方先捅破那層紙，只是他不敢！

他承認自己在許多時候都很懦弱，懦弱到小露遇到事情後，只能發愣發呆，害怕得全身不能動彈絲毫，只好將所有本來該由自己來做的事情，等待夜不語不耐煩地幫自己去做。

自己，真的是個很沒用的男人！

沈科自責地狠狠抓著頭髮，視線隨後又停留在徐露的臉上。

她小巧的淡紅嘴唇微噘著，泛著濕潤的感覺，他突然想，這個時候吻下去，小露應該不會知道吧。

於是他將頭緩緩往下低，就在四片嘴唇要接觸在一起的一剎那，徐露猛地張開眼睛，清醒了過來。

「小科……我怎麼了？」

她軟綿綿地說道，伸手揉著惺忪的雙眼，突然像是想起了什麼，徐露捂住自己的脖子，驚恐失措地喊道：「我的脖子！對了，我在鏡子裡看到，我的脖子和頭都不見了！好怕！我好怕！」

她怕得像一隻受驚的兔子，慌忙躲進沈科懷裡，全身都在顫抖。

沈科緊緊摟著她，拚命地摟著，什麼安慰的話也沒有說。

徐露慢慢地安靜下來，她抬起頭凝視著他的眼睛，突然像是明白了什麼似的，笑了……

這種相對的沉默不知道持續了多久，他享受著少有的溫馨，絲毫不願意動彈。

懷裡的女孩越來越沉，呼吸也開始均勻，仔細一看，她居然在這麼浪漫的時候，又沉沉地睡了過去……小露什麼時候變得那麼能睡了？

沈科低下頭，望著她誘人的嘴唇，終於決定將剛才被打斷的舉動繼續下去，兩人的唇越來越近……就在要碰到的時候，該死！這節骨眼有人敲響了房門。

這個兩次偷吻不成的衰神，惱怒地輕輕將徐露放在床上，然後站起身去開門。

一個渾身紅色衣裳的女孩，出現在他眼前。是沈霜孀。

「阿科，我有事想和你談，能出去走走嗎？」她露出甜甜的笑說道。

沈科毫不猶豫地搖頭，「對不起，小露病了，我要留在這裡陪她。」接著便關門，頭也不回地坐回了床邊。

沈霜孀走到窗前，淡然道：「徐露真的只是病了嗎？」她古怪地笑著：「看她的眉宇間露出一股股黑氣，脖子和頭都被黑氣籠罩著，我倒覺得她更像受了什麼詛咒。」

沈科猛地竄到沈霜孀跟前，手透過沒有玻璃的窗戶，緊緊抓住了她的胳臂，「妳知道些什麼？快告訴我！」

沈霜孀絲毫不在乎他用力得幾乎快要陷入自己皮膚裡的爪子，幽幽嘆了口氣，「阿科，我們的關係什麼時候變得這麼生疏，甚至是……被動？」

「我們一直都是這樣。」沈科更加用力地抓著她的手臂，瞪著她，幾乎是吼叫著說：「小露到底是怎麼了？妳知道什麼？告訴我，快告訴我！」

「那個女人，又是那個女人！為什麼你張口閉口就是那個女人！難道在你的心裡，就沒有一丁點的我嗎？」

沈霜孀的面孔在一瞬間變得猙獰，但剎那過後，又回復了平靜無波的表情。

她微笑著，眸子裡卻完全呈現出一種灰色，「現在，你可以和我出去走走了嗎？」

沈科無奈地和她走了出去，他們默然無聲，一個在前邊帶路，一個麻木地跟著走。最後來到一個院子前。

沈科抬起頭，覺得這個院子很眼熟，似乎什麼時候見過，但又無法確定，畢竟沈家本宅的所有房子都是一個樣，有熟悉感並不奇怪。

他沒有多想，只是問眼前的女孩，「走了這麼遠，妳該告訴我了吧？」

沈霜孀沒有回答他的問題，只是喃喃道：「阿科，知道這是什麼地方嗎？」

沈科捺著性子往門牌看去，頓時他呆住了，門牌上赫然刻著沈古穆的名字！

這裡，居然就是那面怪異的屏風鏡的出處，也是現在屏風鏡擺放的地方——沈梅家。

「妳帶我到這裡來做什麼？」

沈科驚駭地問，還沒等他轉過頭，後腦勺已經被硬物重重敲擊了一下。視線漸漸模糊，然後是意識，接著是聽覺……

就在他昏倒在地的剎那，聽到了沈霜孀飽含深情和恨意的柔美聲音。

「阿科，這就是我和你愛情開始的地方……」

□

他很清楚在作夢，只是不知道是什麼樣的夢。

在夢裡，血紅的顏色像塗料一般流入，很抽象，又很自然，似乎他的世界原本就只存在紅色，沒有背景，沒有空間，只有平面的存在。

他就在這個平面上步行，赤裸的腳上染滿了紅色，鮮紅，血紅，紅得令人就想這樣躺下來，舒服地躺著，再也不用去考慮任何煩惱。

鼻子裡似乎不斷灌入一種腥臭，是血的味道！這個味道自己最近已經不止一次聞到了，但這還是第一次讓他感覺莫名地平靜，還有一絲快感。

整個身體軟軟的，鼻子裡除了血腥，還有一種宜人的馨香，似乎是女孩甜甜的體味。沈科掙扎著，終於從沉重的腦子裡找出一絲空隙，清醒了過來。

朦朧的第一眼，他看到了自己，不對，應該是鏡中的自己！

他被緊緊地綁在一個長椅上，身旁還有個穿著紅衣的女孩，是沈霜孀。她正張著深情的大眼睛注視自己，而他的對面，就是那個該死的屏風鏡。鏡中映著他迷惑的臉孔，以及她甜美幸福的笑。

手腕很痛！沈科吃力地低下頭，驚訝地發現自己的右手腕靜脈被劃開了，和沈霜孀的左手交錯死綁在一起，血正順著手指，沿著繩子緩緩地流到地上，生命力就在這緩緩地流動中逐漸消失。

「霜孀，妳這是幹什麼？」沈科拚命掙扎，卻絲毫無法移動。能動的只有頸部和手指。不過無效的動作，反而讓血流得更快！

「阿科，你知道嗎？其實我真正的名字並不叫沈霜孀。」

女孩出神地望著他的眼睛，臉上依然流露著迷人的微笑，「現在的爸媽，也只是養父養母罷了。我真正的名字叫沈茵茵，父母是沈家支系的人，在十年前，他們相繼去世，接著我被領養，然後和你訂了婚。」

「快放開我，妳的事情我根本就不想知道！」沈科惱怒地大吼道。

沈霜孀沒有理會他的吵鬧，依然自顧自地講著：「我從小就患有地中海貧血症，醫生說我活不過八歲。母親很害怕，她花光了家裡所有的積蓄幫我治病，但我絲毫沒有好轉的跡象。她是個很執著的女人，如果要她眼看著女兒等死，她寧願先挖掉自己的眼睛。

「終於有一天，她聽一個權威說，手足的幹細胞能夠有效治療地中海貧血症，於是做了一個單方面的決定，她讓自己懷孕，希望肚子裡的胎兒能夠治療自己女兒的病。」

沈科不由得打了個冷顫，他感覺周圍的氣氛似乎不太一樣了。有點冷，而且讓人感到壓力。

「其實這些事情我早就不記得了，但不知道為什麼，最近深埋的回憶漸漸又像電影般，一次又一次地在腦子裡播放。」

沈霜孀用手撫摸著自己甜美、而且笑容可掬的麻木臉孔，感情十足地說：「我清楚記得那一晚的情景。那時自己站在父母的門前，他們在吵架，我很害怕，於是從門縫裡偷看，我聽到父親罵母親是婊子，罵我是雜種，還狠狠地打著母親，將她的臉按在地上。

「母親嘴裡都流出血了，紅色的血不斷淌到地上，嚇得我幾乎要哭了出來。」

沈霜孀露出一絲苦澀的笑，「回憶起來，我才發現父親罵我雜種的原因，我或許並不是他的親生女兒。母親在和他結婚前就已經懷孕了，只是所有人都不知道，我直到現在也不知道自己的親生父親是誰，母親直到臨死前都沒有說。

「我記得那晚，母親不知為何眼睛裡一片血紅，她拿起桌上的剪刀，狠狠刺在父親的背上。父親滿臉的不相信，他瞪大了眼睛，迷惑地望著手上的血，突然指著母親笑起來，哈哈大笑，笑得血不斷從嘴裡噴了出來。

「母親害怕地蜷縮在牆角，頭埋在膝蓋上一個勁兒地哭。

「那時候的我不知道哪兒來的膽子，我只有一個念頭，就是要保護母親。於是我推開了門……

□

沈霜孀推開了房間的門，她的媽媽並沒有察覺，只是將頭藏在胳臂中，怕得全身都在顫抖。她十分冷靜，冷靜得完全不像個只有七歲半的女孩。

她推了推倒在地上的父親，他沒有動，只是胸脯還在微微起伏著，看來並沒有斷氣。

沈霜孀猶豫了一下，突然發現這是保護母親最好的時候。

從小，母親就活在父親的拳頭下，他不但稍有不順，就打她罵她踢她，還把母親像奴隸一般使喚。

發生了現在的事情，還不知道父親會對母親怎樣……母親，會被他打死的！不能讓他醒過來！要保護母親！絕對不能讓這個男人醒過來！

她從父親的背部用力抽出剪刀，血沒有了壓力，頓時從傷口裡大量流了出來。

她緊張地舔著嘴唇，無意間望向對面的屏風鏡。

鏡子放射著淡淡的銀輝，映著血的鮮紅，變得萬分奪目，鏡中瘦弱的自己臉色蒼白，她的手在發抖，突然，她看到父親猛地張開了眼睛，他的眼神凶狠，死死地瞪著自己看。

沈霜孀嚇了一大跳，閉上眼慌忙一剪刀向父親刺了下去，並沒有用很大的力氣，只聽「噗」的一聲，有股鹹鹹的溫熱液體，噴在她赤裸的臉部和手上。

父親的身體強烈抽搐了幾下，再也不動了。

「茵茵，妳在幹什麼？」

母親這才發現屋裡的動靜，她看見女兒用剪刀刺穿了那男人的眼睛，甚至貫穿了內顱骨，不禁驚恐地叫起來。

沈霜孀用小手抹開臉上的血跡，回頭衝她甜笑，「媽，再也不會有人欺負妳了……」

□

「母親什麼話也沒有再說，她找來一把鐵鍬，將父親的屍體埋在了假山下邊，然後靜靜地等待弟弟出世。」

沈霜孀漆黑的眸子裡閃過一絲詭異，看得沈科不住發抖。

恐懼猶如固體一般牢牢地籠罩著他，不知是因為流血過多的緣故，還是因為害怕，他大口的喘著粗氣，突然想到了什麼，他聲音顫抖地問：「妳的親生母親，是不是叫沈翠？」

在他還很小的時候，曾聽多嘴的母親講過一個故事。

她說沈家出了個狠心女人，她殺了自己的丈夫埋在假山下，然後心安理得地過著平常的日子。

所有人都以為她男人到外頭打工，直到一年後，不知道什麼原因，她殺夫的事情敗露了，那女人親手掐死自己親生女兒和未滿一歲的兒子，自己也上吊自殺了。

沈霜孀看了他一眼，神經質地呵呵笑著：「你也知道我母親？」

沈科只感到腦子裡「轟隆」一聲響。

故事裡，沈翠的女兒沈茵茵，不是和她一起在十年前就死了嗎？為什麼還活著，而且居然還變成了自己的未婚妻？他驚訝地張大嘴巴，一時間連害怕都忘了。

「我知道你在想什麼。我當然沒有死，不信你摸摸。」

沈霜孀見他被自己綁成了一個粽子，咯咯笑著將臉貼在沈科的臉上，又溫柔地說：

「我被一個年輕的叔叔救了出來。還好從小我就體弱多病，幾乎沒怎麼出過房門，自然也沒人見過我。

「他把我交到現在的父母手裡，要他們撫養我長大。直到現在，他每個月都還會付生活費給養父母。」

「阿科，你知道沈家裡有個傳說嗎？一個只有很少人知道的傳說。」沈霜孀頓了頓，望著鏡子因為失血、臉色越來越白的自己道：「母親從我親生父親那裡知道的，然後她又在臨死前告訴了我。據說在後宅的某個地方有一口井，只要衝井口裡大聲喊出自己的心願，那個願望就會實現。

「在殺死父親的一個月後，母親做了檢查，然後絕望地發現肚子裡的弟弟的幹細胞並不適合我，於是她想起了這個傳說，母親靠著一張簡易的地圖找到了那口井，許願說只要我能好起來，健健康康地活下去，她就算死也甘願。

「當天晚上她便作了個夢，一個非常真實的夢，夢裡有個穿著紅衣服的女人，她背著母親，然後對她說，只要將弟弟的血肉每天割一點煮給我吃，我的病一年後就會好轉。

「從那天起，母親就等待著弟弟出世。三個月後順利分娩，然後照著夢裡的話，每天都把弟弟的血放一點，肉割一點煮在鍋裡……從那天起，我的病真的漸漸好了，不但臉色變得紅潤，而且也能像普通人一樣又蹦又跳。」

沈科的心隨著這個故事越來越壓抑，身旁的蠟燭微微搖爍著，發出「啪啪」的細微爆裂聲，腦子感覺暈沉沉的，身體也逐漸輕起來。

不知是不是幻覺，似乎周圍都變成了血紅色，鮮豔的紅不斷縈繞在身旁，就彷彿有生命一般。

沈霜孀似乎完全沒有注意，她沉浸在自己的世界，依然語氣低迷地講著自己的故事，「阿科，你知不知道我有多愛你？你是第一個走入我生活的男生，你說過要永遠保護我，我信了，也一直這麼癡癡地等著，但是你為什麼要違背自己的諾言？為什麼要拋棄我？」

她美麗的臉在一剎那變得猙獰，她將柔軟濕潤的嘴唇覆蓋在沈科的嘴上，然後狠狠地咬住他的下嘴唇，咬得血不斷往外流。

沈霜孀的唇被血染得鮮紅，她瞪大眼睛看著他，氣氛異常地古怪。突然，她又甜甜笑了起來，妖媚地舔著嘴唇說：「我也對著井許了個願望，我要你和我在一起，永遠在一起！那天晚上，我真的作了夢。我夢裡的景象和母親描述的一模一樣。

「有個穿著紅衣的女人背對著我說，只要我和你在這面屏風鏡前自殺，我就能永遠得到你，我們再也不會分開了！」

「妳瘋了！」沈科只覺得一股惡寒爬上脊背，全身的寒毛都豎了起來。

夜不語那小子常常說自己遲鈍，自己果然是遲鈍得一塌糊塗，直到現在才明白沈霜孀綁著自己，割了自己的靜脈，原來是要他和她殉情！

他招誰惹誰了？居然會衰成這模樣！

唉，難怪俗話說，女人執著起來，鬼都會害怕。

腦袋更沉重了，嘴唇和手腕的傷口似乎也變得不再那麼疼痛，他和沈霜孀的血混在一起，慢慢流到地上，血匯成了一條小河，但並沒有朝著低窪的地方移動，反而流向了處在高處的屏風鏡。

沈霜孀似乎累了，她軟無力氣地靠在沈科的肩膀上，但雙眼依然努力睜著，癡望著他的臉，嘴角露出一絲甜美的笑意。

鮮紅的血猶如被賦予了靈性，它們流到屏風鏡腳，然後完全忽視地心引力繼續往上爬。就像被一根無形的繩子牽引，血流上鏡面，緩緩地向左角那塊褐色的斑痕爬去。

「阿科。」沈霜孀聲音沙啞，笑得更甜了，「快了，我們就快永遠在一起了……」

□

二十九號的夜晚來臨得很遲，直到時針指向九點一刻的時候，天才完全黑盡。

我瞇著眼睛守在徐露的床旁，手裡拿了一本小說看得入神。沈雪端著飯菜走了進來。

「小科還沒回來嗎？」她輕皺著眉頭問。

我臉上浮起一絲不快，狠狠道：「那傢伙也不知道死哪去了，虧他一天到晚口口聲聲說自己有多愛小露，關鍵時刻就是不拿出一點實際行動出來！」

「噓，小聲一點，不要把小露吵醒了。」沈雪將食指放在嘴唇上示意我噤聲，拉著我走出門去，「小夜，不知道為什麼，我左眼皮直跳。小科會不會出什麼事？」

「奇怪，妳什麼時候和那傢伙有心電感應了？」我感到很好笑：「如果說妳和他是同卵雙胞胎的話，我可能還稍微覺得有點說服力。」

沈雪狠狠踩在我腳背上，嗔怒道：「你這人，好好和你說，你就是不把人家當回事。」

「那好，我認真聽妳說！」我強止住笑，做出嚴肅的表情正想繼續唬弄她，突然感覺有一股涼颼颼的風從後腦勺颳了過去，我猛地回頭。

身後空蕩蕩的，什麼也沒有。

但剛才我分明覺得有東西從我背後飛快走了過去，這究竟是怎麼回事？

「你怎麼了？」沈雪用力拉了拉我的手臂。

我搖搖頭，回過神來想要繼續剛才的話題，有股不安的感覺又浮上心頭。

不對！總覺得有哪裡不對！

奇怪！徐露的房門在出來時我明明順手關上了，為什麼現在卻大開著？我臉色一變，快步走進屋裡，只看了一眼，我整人都呆住了。

沈雪狐疑地跟著我走了進來，頓時，也全身僵硬停在了原地。

過了好一會兒，她才用發冷的手尋到我的右手握住，緊緊地握住，她的手在不住地顫抖著。

屋裡，蠟燭昏暗的光芒依然，只是床上空蕩蕩的，徐露早已不見了蹤跡。

# 第九章　二十九（下）

沈家老二沈易和老四沈繆，帶著十多個旁系的青年男子，將沈上良的宅子圍了個水泄不通。

其實根據風水師孫路遙的意思，只需要在二十九號這一整天裡，不准女人進沈上良的廚房就好了，但老祖宗為了安全，執意要他們帶人將整個宅子都看住。

對於老祖宗的固執和守舊，他們兩個也是萬分的無奈。但誰讓自己管他叫老子，而且他還是沈家的實際掌權者，他的話不聽還得了！

夏夜，對於這種海拔比較高的地方而言還是很冷的。

沈繆哈出一口氣，揉了揉手臂道：「這鬼天氣還真冷。」

沈易心不在焉地嗯了一聲，不知道在想什麼。

「我說二哥。」沈繆無聊地沒話找話，「沈家究竟為什麼這麼注重風水，祖宗布下的東西已經夠老舊了，現在的社會到處都在發展，就我們成天還縮在自己的一畝二分地裡，絲毫不知道變通，我真的想不通！」

「噓！」

沈易捂住他的嘴，小心地朝四周看著，然後低聲說：「不要亂講話，這要是傳進了老頭子耳朵裡，你小子又要挨他幾棍子了！」

「我倒寧願他把我趕出去，你看看人家玉峰，沒幾年功夫就混了個局長當。」沈繆哼了一聲，「其實這次開發商來買地，給的價錢已經不低了。我算過，那價每個人都分得了五百多萬。

「這年頭到城裡繁華的地方，買上好的房子也花不了五十多萬，分的錢足夠我們花一輩子，再加上本家的擺設，隨便什麼拿出去也可以當古董賣，我看不如我們……」

「老四，你越說越過頭了！」

沈易狠狠瞪了他一眼。

沈繆語氣絲毫不讓地回瞪他，「二哥，你敢說你不心動？」

沈易看著他，許久，終於嘆了口氣，「不是我不心動，只是老頭子那關過不了啊！」

沈繆頓時也不語了，他咬著嘴唇，突然抬頭說：「如果，我只是說如果，老頭子腦溢血暴斃了，不是什麼問題都沒有了？」

「混蛋！」

沈易怒罵道：「這麼大逆不道的想法你都敢想，再說我打死你。」

「哼，就你是孝子！」沈繆不服氣地小聲咕噥著：「沈家除了那幾個頑固派以外，有誰不希望老頭子突然暴斃的！」

突然，從背後颳過一陣令人毛骨悚然的風，冷得人全身寒毛都不由得豎了起來。

沈繆裹緊外衣，罵道：「哪裡來的怪風。」回頭一看，卻發現沈易眼睛直呆呆地望著宅門方向。

「你怎麼了，二哥？二哥！」他慌忙用手將不知是發神經還是被嚇傻的沈易搖醒。

「老四，你剛才有沒有見到一個影子？速度很快，一下子就朝門的方向跑過去了？」沈易聲音不斷抖著，上下牙關都在打顫。

「我看你是發夢吧，整個宅子都被我們守成這樣了，就算母螳螂也飛不進去。」沈繆瞥了身後一眼，無聊地說：「我倒還希望出些什麼事。哼，風水。」

沈易搖搖頭，皺眉道：「不行，我要進去看看才安心。水瓶給我，順便找老六要些開水。」

「二哥，你要我怎麼說你才好？你還真信孫路遙那乳臭未乾的小子瞎說？」沈繆晃著腦袋，說得口沫橫飛：「真想拿到錢到外邊的花花世界去逍遙一圈啊。」

沈易沒理他，走進了半掩著的宅門，沈上良的寢室還亮著燈，他一敲，門就開了。

「二哥，你有事嗎？」沈上良一見是他，略微有些遲疑。

沈易和他寒暄了幾句，打好水，裝作不經意地問：「老六，你剛剛有沒有聽到院子裡什麼奇怪的聲音？」

沈上良迷惑地搖頭，「沒有，我一直都在看書，如果有動靜的話早發現了！」

「你會不會看得太入迷了，沒有注意外邊的情況？」沈易還是有些擔心。

「二哥，我還沒老到耳聾眼花的程度。」沈上良不悅起來。

「你知道，老頭子他……」沈易訕訕笑著，剛想說幾句客氣話，修補一下尷尬的氣氛，突然聽到不遠處，傳來一陣輕微的「嗦嗦」聲，他頓時緊張地抓住了沈上良的手道：「老六，你聽聽，那是什麼聲音？」

別看他年紀一大把，而且長得大老粗樣，但平生最怕鬼鬼怪怪的東西了。

沈上良看得好笑，淡然道：「可能是有老鼠吧。」

「但那裡應該是廚房的位置。」

「當然了，老鼠找吃的不去廚房，難道還會去廁所啊？」

「我覺得不對，老六，我們過去看看！」

沈易驚駭地拉了沈上良一把，沈上良被自己這位同父異母的哥哥弄得實在沒辦法，只好和他一起向自家廚房走去。

門大開著！他們這兩個加起來歲數已經超過一百的人，立刻有些呆了。

奇怪，昨天下午老祖宗親自封了廚房的門，而且一個小時前自己還檢查過，白色的封條明明還完整地貼在門上。

現在是誰這麼大膽，居然把門打開了？

這兩人看著被狠狠地撕下來，扔到一旁的封條，對望一眼，用已經有點發抖的腿，慢慢走了進去，廚房裡黑暗一片，沈上良用手摸到電燈開關，一按，燈沒有亮。

他這才想起自己偷偷裝的發電機怕被老祖宗發現，最近都沒有開，對面「嗦嗦」的聲音並沒有因為他們的打擾而有絲毫中斷，間或還伴隨著「啪唧」的聲響，像是誰在津津有味地吃著什麼。

沈上良用顫抖的手掏出打火機，擦燃。

昏暗的火光頓時劃破黑暗，照得四周勉強能夠看到一些東西了。

火光下，正中央的桌子拖長的影子，顯得詭異無比，一直向對面延伸。就在影子消失的盡頭，有一個黑色身影，正蹲在打開的冰箱前，靜悄悄地不斷往嘴裡送東西。

那東西，不！看樣子應該是個人，有一頭雜亂的頭髮，爪子一般的手，手裡還緊緊拽著一片放了好幾天、都已經開始發臭的牛肉。

那神秘的人，衝他們緩緩回過頭來，頭髮遮蓋著臉孔，看不清樣子，但是絲毫不用懷疑，她是個女人，而且，她還咧開嘴得意地笑著，一邊笑，一邊將發臭的牛肉湊到嘴邊，用力咬了一口。

沈上良和沈易同時愣住了，莫名的恐懼，緊緊揪住他們的心臟，那女人笑著，狠盯著他們，他們想要大聲叫，聲音到了嗓子眼，卻怎麼也發不出去。

沈上良突然感到呼吸困難起來，他像溺水的人一般，血液全都湧上了臉，拚命地張開手四處亂抓，徒勞地想要將附近的空氣抓過來放進嘴裡。

打火機從無力的手中掉落在地上，火熄滅了。整間廚房又墜進黑暗裡，無邊的黑暗猶如一隻怪獸的巨爪，用力抓住他們，掐著他們的脖子。

心臟在猛烈跳動，越跳越快。血液流動速度也變得快起來，不論是靜脈還是動脈，幾乎要湧出血管，通通從七竅裡噴出。

就在他們以為死定的時候，身上的壓力突然一鬆，沈易和沈上良頓時像被斬斷操縱線的木偶，大口喘著粗氣，癱倒在地上。

二十九號深夜，十一點十一分，沈家所有的狗都像發瘋了似的，大聲狂嘯起來。

□

帶來的手電筒因為沒電池，完全不能用了，我只好無奈地拿著一個笨重的牛皮燈籠，和沈雪一起去找徐露。

對於她的行蹤，我絲毫理不出頭緒，或許她又夢遊了吧！

對於一個夢遊者，更加不能用常理來度量，於是我一邊埋頭整理線索，希望能從小露今天一整天的活動中，窺視出她夢遊時的行動，其實我也很清楚，那無疑是大海裡撈針，不知不覺，已經在本家遊蕩兩個多小時了。

突然聽到有狗在叫，這個刺耳的聲音，唐突地打破了夜的寂靜，也把我嚇了一大跳。剛要和身旁的沈雪調笑幾句，狗叫聲卻像傳染病一般，一隻接著一隻，從本家的東邊輻射擴大，最後整個沈家都籠罩在了一陣撕心裂肺的「汪汪」聲中。

一家一家的燈被點亮了，每戶有狗的人家，都在踢著自家的狗，勒令牠們不准出聲，但是牠們反而衝著主人狂叫，聲音慌張、惶恐，似乎就要有什麼大事發生似的。沒有狗的人家，終於也忍不住了，起床點燈，對著狗主人大罵，有的還揚言明天一早就把狗宰了打牙祭，總之是要有多亂就有多亂。

我伸著脖子看得起勁，幾乎就連要找徐露的正事也忘個一乾二淨了。

沈雪突然皺起眉頭，問道：「小夜，你有沒有聞到一股味道？」

「什麼味道？」我漫不經心地問，依然帶勁的盯著遠處上演的罵戲，以及快要上演的局部打戲。

「香味。」沈雪抬起鼻子，又確定了一下：「好像是桂花。」

「別傻了，我看過前宅的桂花樹，那個品種至少要到十月中才會開花。」我看也沒看她，笑道。

沈雪狠狠掐了我一下，「別忘了花癡沈羽的花，他的銀桂、牡丹還有芍藥。」

我頓時打了一個冷顫，「妳到底想說什麼？」

「你不是一直在奇怪，為什麼後宅那些嗜血植物的根部，沒有發展到前宅來嗎？」

沈雪滿是擔憂地說：「我倒有個猜想，或許是前宅有什麼東西壓制住了它，說不定那東西現在已經被破壞了，吸食人類血肉的根也……」

「不用說了，我明白妳的意思！」我沉默了半晌，斬釘截鐵地說：「先回去看看，如果沒有記錯的話，我們住的地方就有桂花樹。」

空氣中似乎真的彌漫著淡淡的桂花香，只是若有若無，不注意的話根本察覺不到，即使是聞到了，我依然不能確定是不是個錯覺。

推開門，將燈籠的光芒照在花臺上，頓時，我驚訝得下巴都險些掉了下來。

沈雪緊張地挽住我的手臂，為了確定是不是在作夢，甚至還在我手臂上狠掐著，而我卻因眼前的景象徹底呆了，驚歎號迴盪醞釀在喉嚨間，就是沒辦法發洩出來。

只見花臺上的桂花滿樹白花，小朵小朵一撮撮的花兒雪一般白，白得讓人越看感覺心越寒。

不！是某種恐懼，桂樹下，牡丹和芍藥不知從哪裡長了出來，不合時宜地綻放著，開出血一般的花朵。

花團錦簇，用來形容這原本美得一塌糊塗、五色繽紛、繁盛豔麗的景象，一點都不過分。

換了另外一個時間，另外一個時空，我甚至會大聲讚歎造物主的鬼斧神工，但現在，這份美麗卻讓我顫抖，沈雪的牙齒也在抖著，發出「咯咯」的聲音。

「冷靜！我們一定要冷靜！」

我用力吸著那詭異的花香，努力平靜著混亂的大腦，握著沈雪的手說道：「不用再掐我了，我可以很明白地告訴妳，我們沒有作夢。對了！先確認一下。今天下午，天沒有黑之前，妳有沒有發現花臺有什麼異常？」

沈雪用力搖頭，接著用乾澀的聲音道：「兩個小時前，我們出門去找小露的時候，院子裡的桂樹都還是一副要死的樣子，絕對沒有開花，甚至葉子都沒有幾片！而且花臺上也根本就沒什麼牡丹和芍藥。」

我緊張地說：「照妳的觀察，花是突然自己出現的，而且桂樹在我們出去的兩個小時內，不但長出了繁盛的葉子，而且開出了花？」

沈雪很不情願地點了點頭。

被眼前匪夷所思的事情刺激的我，幾乎以為自己已經瘋掉了，為了確定看到的是不是幻覺，我伸出手，在桂樹上扯下了幾片葉子。

整棵樹頓時像被狂風吹動似的猛烈搖晃起來，我甚至聽到了一陣沙啞的呻吟。

一股冰冷的寒意爬上了脊背，我和沈雪嚇得向後退了好幾步，這才驚魂未定地相互對視著。

遲疑了一會兒，我剛想開口，突然從徐露的房間裡，傳出了一陣刺耳的尖叫聲！

大腦在一剎那間變得空白，在那種詭異的情形下，就算智商高如我，也一時沒有反應過來那聲尖叫的意義。

愣了好一會兒，我才呆呆地問：「剛剛那個熟悉的聲音，是小露在尖叫？」

沈雪也滿臉呆滯，「聽起來很像。」

「她不是不在屋裡嗎？該死！」

我飛快地朝她的房間跑去，「看來是那小妮子夢遊完回來了。上帝，她夢遊的時候千萬不要有自虐傾向，我可不想看到她缺胳臂少腿的樣子！」

還好，我擔心的事情並沒有發生。

徐露很健康地坐在床上，雙眼直直地看著對面的牆壁，除了身上有點髒，頭髮有些散亂以外，就沒損失什麼了。

只是，她的尖叫也實在太大聲了一點，震得努力想走近她的我，耳朵裡不斷「嗡嗡」作響。

「小科！」她似乎還沒有睡醒，猛地抓住我的手，惶恐地喊著：「小科有危險！」

我一邊努力想要將快被她折斷的手臂從她懷裡抽出來，一邊打趣地問：「妳不會是夢遊時見到他了吧？有沒有記得幫我向他問好。」

「小科有危險！我看到他了，看得很清楚。」小露的眸子呈現出一種灰白色，依然喃喃地說著。

「妳在哪裡看到了？」

我大為頭痛，唉，夢遊者的行為真是無法預測，就像現在，自己根本就無法判斷徐露究竟是處於清醒狀態、夢遊狀態，還是半夢半醒狀態，只好順著她的話題說下去，這也算是讓夢遊患者回到現實的一種牽引。

小露的臉上微微露出一絲疑惑，她像在努力想著什麼，語氣又惶恐起來，「我隔著一層透明的東西看到了他，他被綁著，和一個眼熟的女孩子坐在一起。

「那女孩穿著紅色的衣服，房間裡也是紅色的，全部都是血紅色。小科的手腕在不斷流血，他的血衝我緩緩地流過來，然後爬上了那層透明的東西。

「我想伸出手去摸他，但總有什麼擋著我，我怕！我好怕，小科就要死了！」

小露配合著自己的話，慢慢地將手向前方伸，不久就像真的碰到了障礙，甚至耳朵裡也聽見了「啪」的一聲。

一絲陰寒從腳底爬上脊背，滲透了骨髓，我和沈雪不由得打了個冷顫。

「你對她的話，有什麼看法？」

徐露似乎用光了身上所有的力氣，在說完那番話後就倒在床上睡著了。安頓好她，我遲疑地問沈雪。

沈雪滿臉迷惑，苦笑著搖了搖頭。

我走到窗前，望著天上朦朧的月色，大腦飛速運作起來，想了半晌，也沒有抓到什麼重點。

「今晚真是個多事之秋啊。」我在嗓子裡擠出一聲乾笑：「徐露夢遊，院子裡的牡丹芍藥桂樹亂開花，再加上剛才她的那一席似真似假的夢話，妳說，那小子會不會真的出事了？」

「那麼我們來分析一下。」沈雪學著我的樣子皺眉，說道：「小夜，你應該也清楚小露最近的古怪舉動，或許，她說的是真有其事也不一定。」

「不可能！首先的問題是她從哪裡知道的？一般而言，夢遊者不可能記得自己夢遊時的所見所聞，以及自己的所有行為。」我坐到了床沿上，淡然道。

「你也說的是一般而言，但小露的情況不應該歸為一般狀態，她的夢遊很特殊，我不知道該怎麼形容，總之，我覺得似乎不是人為的。」

沈雪的眉頭皺得更緊了，「好像有什麼東西趁她睡覺時，篡奪了她的身體，去做一些我們無法預料，而又對那東西極有利的事情。」

頓了頓，她又道：「小夜，從沈家後宅回來時，你不是提到說，那股隱藏在沈家中的神秘力量，有可能是故意放我們走的嗎？

「或許你該把那個『我們』改一下，換成小露。或許它想利用的就是小露一個人，讓她正常地潛伏在我們之中，然後到時機成熟的時候……」

我和她同時打了個冷顫。

望著沈雪自信的目光，我少有的感到歎服。女人果然是無法揣度的生物，不但無法揣測，而且更不能小看，至少她的大腦不靠邏輯，僅僅只用敏感的可怕的直覺，就想到了許多我忽略掉的東西。

或許並不是我忽略掉了，只是最近發生的事情實在太多太快，我的大腦根本就無法跟上接踵而來的疑問，又或者我太過於注意邏輯的合理性，總之，我絲毫沒有注意就擺在身旁的問題。即使偶然注意到了，又會因為新發生的事件將其扔到腦後。

我被沈雪的一席話驚醒，頓時出了一身的冷汗，仔細想想，我又搖頭道：「退一萬步想，就算小科是有危險，小露是真的親眼看到了，那麼問題又回到了原點，她是怎麼看到的？在哪兒看到的？」

沈雪咬著嘴唇，苦苦思索起來。

我很煩躁，內心很少這樣煩躁過，沈科那傢伙遲遲不回來，也沒有說過到哪裡去了，走的時候又沒有留下紙條，這樣不正常的行為，我居然一直都沒有注意到。

其實這算是思考的死角吧，本以為這裡是他老家，怎樣也算是他自己的地盤，我和小露兩個外來人有危險出了問題也就不提了，但沒想到他在自己的家也會遇到危險，真是個衰神！

我氣悶地在房間裡走來走去，希望加速血液迴圈，讓大腦能夠更有效地思考。

如果忽略掉徐露那番夢話的真實性，假定是真的，那麼現在的問題就是，徐露在哪裡見到他的？他身旁的女孩子是誰？而且，誰會去綁住那個白癡，還想殺掉他呢？

女孩子，眼熟的女孩子……也就意味著那個人是徐露見過的。

在沈家，徐露見過的女人不少，但說到女孩子就不太多了，而且那個人還要和沈科有所關聯……

「我知道了！」

我猛地抬頭，衝沈雪說道：「綁架小科的，是他的未婚妻沈霜孀！」

沈雪滿臉驚詫，「怎麼可能？」

「有什麼不可能的。」我哼了一聲：「雖然沒有和她深入接觸過，不過那女孩的性格我倒是印象滿深刻的。

「她溫柔漂亮的外表下，有執著到可怕的固執，妳沒見我遇到她就想躲嗎？我很討厭和她那樣的女生打交道。而且徐露在話裡有透露沈科被綁著，旁邊坐著一個眼熟的女孩，說到對她而言眼熟的女孩，不是妳就是她了！

「再加上小露只說沈科被綁，沒提起旁邊的女孩一起被綁著，很明顯，旁邊的女孩就是綁架者。」

「就算你對。」沈雪沉吟道：「那霜孀為什麼要綁架小科？」

「以那木頭的性格，一定是忘了以前亂許的承諾什麼的，沈霜孀可能想殺他洩憤。」我冷笑著：「也可能要和他殉情，總之女人固執起來，什麼可怕的事情都做得出來。」

沈雪的臉色頓時變得煞白，「上帝，那小科真的是有危險了！怎麼辦？小夜，我們快去救他！」說著，就撒腿往外跑。

我一把拽住了她，將她按在椅子上，大聲道：「冷靜點！妳知道他和沈霜孀在哪嗎？」

「小科，早說你遲鈍了，你偏偏不信！現在可好，大伯一定會被活活氣死的。」沈雪黯然地垂下眼皮，抓住我的外套輕聲哭起來。

唉，女人……雖然說人體內有百分之七十五是水，但也禁不起這樣折騰吧，動不動就哭，偏偏我一聽到哭聲就會全身麻木，大腦混亂，該死！究竟沈科那傢伙在什麼地方？

突然想到了什麼，我渾身一顫，心臟無法抑制地強烈跳動起來，思緒因為那個十分駭人的想法開始劇烈波動。

我嗓子乾澀，艱難地緩緩問道：「小雪，還記得徐露是什麼時候開始夢遊的嗎？」

「算起來，應該是我們去沈家後宅的前一天。」懷中的淚人兒不解地抬起頭望著我，答道。

「沒錯。」我雙眼直視著窗外，努力壓抑著內心的恐懼：「這也就意味著徐露夢遊和沈家後宅並沒有直接關係，她或許是受了從前擺在房裡的某種東西的影響。」

「某種東西？」沈雪止住哭泣，好奇地問：「什麼東西？」

「鏡子，那面屏風鏡！」

「什麼！」她瞪大了眼睛：「我知道那東西是有些古怪，但是，怎麼可能……」

「世界上沒有不可能的事情。」我吃力地吞下一口唾沫，一字一句地說道：「還記得徐露剛剛的描述嗎？她說和沈科之間有一層透明的阻隔，或許，那就是鏡面。」

「你的意思是，她……她……」沈雪滿臉恐懼地望著我，聲音不斷地顫抖。

「沒錯！」我衝她緩緩點了點頭：「徐露，是從鏡子裡看到沈科的情況的，他和沈霜孀，就在沈梅的故宅裡！」

# 第十章 質變

有人說，千里外的公路上有張百元美鈔，能否撿到它，取決於那邊的人是否都是瞎子、呆子、傻子、瘋子……

這句話或許對，也或許不對，世界上的事情，許多都沒辦法說清道明。比如說女人的第六感，又比如說我和沈雪遲到一點點的後果。

把沈玉峰叔叔從被窩裡拽起來，跑去放置屏風鏡的那個房間時，沈科已經因為失血過多而昏了過去。

沈霜孀全身白得異常，她在沈玉峰的懷裡掙扎著伸出手，吃力地向沈科的方向緩緩抓著，但卻有心無力。

她的嗓子眼裡發出異樣的「咯咯」聲，眼睛死命地鼓著，眼珠幾乎要凸出了眼眶外，讓人不禁想起剛到沈家時，那些堆在院子裡，不明死因的錦鯉。

「為什麼要阻止我們？為什麼要搶走我的幸福？你們好狠！」沈霜孀微弱地開合著已經龜裂的蒼白嘴唇，手依然不死心地想抓住沈科，絲毫不顧從傷口不斷流著的血。

這麼執著的女孩，究竟是可悲，還是可憐呢？

我嘆了口氣，從衣服上又扯下一條布條，用力將她的手臂綁住，阻止血液再流出，但似乎並沒有太大的效果，沈科的血不再往外流了，但她的血似乎像是被什麼抽出似的，順著流淌的血路一直詭異地流向屏風鏡，然後又絲毫不理會地心引力，向鏡面上那塊古怪的斑紋爬去。

當我發現異狀時，她全身的血已經流出了三分之二。

「快把他們倆抬出去！」我焦急地喊道，在這個怪異莫名的地方，還是不要久留的好。

沈玉峰神色黯淡的搖了搖頭，「這女孩子已經快不行了，千萬不要移動她，現在她完全靠一口氣在撐。」

對於一個失去三分之二血液的人類而言，居然還活著，只能算是個奇跡，但沈霜孀確確實實還有生命跡象，她哀求地張著眼，用力蠕動嘴唇想要說什麼，手也吃力地向上抬起。

「這麼痛苦了，還不願意暈過去，她究竟是想要什麼？」沈雪不忍心地望著我。

「她要的東西我們雖然不能給，」我望著沈霜孀，沉重地說：「但或許可以滿足她那麼一丁點希望。」

隨後，我將沈科的手遞到了她的手旁。

她不知道從哪裡生出的力氣，頓時將他的手握住。緊緊地握住，死灰色的臉上也露出了一絲燦爛的微笑。

甜美的笑，猶如春天裡綻放的絕麗花朵，在綻放到最繁盛的頂點時，猛地凋謝。花的雙眼中閃爍著兩滴明亮的露珠，露珠滑過花的臉龐，混雜在鮮紅的血液裡。液體就像被下了咒語般迅速凝固、消失，只留下一條長長的痕跡。

「她死了。」沈玉峰聲音有些哽咽。

我默然，女孩子，真的是一種傻傻的生物，聰明如沈霜孀，一旦遇到名叫「愛」的化合物，一旦產生化學反應，就不再是她自己了，是執著引導她走向自我毀滅，還是愛情本身呢？

我不知道，恐怕，就連沈霜孀自己也不知道，不過，她以後不用再受感情的折磨，永遠也不會感覺到痛苦了……

□

多事的夜晚，就那樣不平靜地過去。

第二天，原本應該失血過多、躺在床上休養的沈科，活蹦亂跳的一大早就跑來敲我的房門。

這傢伙果然是個怪胎，生命力比之蟑螂也不遑多讓，甚至有過之而無不及。

我如同往常一般氣不打一處來的，狠狠在他豐滿的屁股上踢了一腳，他也條件反射地抱著豐臀叫痛，但總覺得哪裡不太一樣了。

是氣氛！我們都很小心地繞開沈霜孀這個話題。

望著清晨花園裡妖豔綻放的芍藥和桂花，聞著濃烈的花香，我嘆了口氣，「你應該感謝小露，如果不是她說的夢話，現在恐怕你也成為一具屍體了。」

「我剛剛聽小雪說過。」沈科臉色有些黯然，最後一咬牙，猛地望著我道：「小夜，我知道你有許多疑問，你儘管開口好了，不需要顧慮我的感受。」

見我愣愣地沒有回應，他乾脆自個兒將昨晚發生在自己身上的事情，以及沈霜孀對他說過的所有話一字不漏地說了出來。

「小夜，我想借助你的大腦。」沈科咬著嘴唇，用力到將剛凝結的傷口撕裂開了，血又流了出來。

他的聲音哽咽，沙啞地用哭腔說：「我知道我很遲鈍，沒有辦法像你一樣，將得到的線索分析歸類，然後找出之間的關聯，但是我清楚，霜孀的死並不是出自她的意願，是那口井控制了她、控制了她的母親，甚至控制了所有向井裡許願的傻瓜。它將他們的渴求強化，讓他們變得瘋狂，然後做出許多正常人根本無法想像的事情。」

他抓著我的胳臂，死死地抓著，眼淚終於從做作的嘻皮笑臉上流了下來，我輕輕拍著他的肩膀，什麼話也沒有再說。

曾經歷過許多生離死別的痛苦，就因為經歷過，才更清楚這種痛苦的可怕。我清楚如果不能及時發洩的話，它就會隱藏在內心的黑暗裡，慢慢吞噬你的記憶以及思維，直到完全將你毀掉為止。

不過，透過沈科的講述，卻讓我的腦子清晰了起來。

那面屏風鏡，沈家後宅嗜血的植物，那口井，看似全部都獨立存在著，但事實上，應該有著千絲萬縷的關聯，或許，它們全部都由那股神秘的力量控制著，只是不知那股力量，究竟想要怎樣！

沈雪端著四人份的早餐走了進來，臉色十分難看。

「小夜，我剛剛有去看過。」她眉宇間透露出一絲憂慮，「不光是我們的院子，沈家前宅幾乎所有人家的花臺上，桂花都一夜間綻放了，更詭異的是芍藥和牡丹，不知道從什麼地方鑽了出來，只要有土的地方就長得枝繁葉茂，怪嚇人的！」

沈科並不知道這件事，乍聽之下，嚇得頓時打了個冷顫。

「小夜，會不會是後宅的那些古怪植物……」他怕得沒有再說下去。

我極不情願地點頭，道：「恐怕是，雖然這些植物還沒有變得和沈家後宅的那些一樣可怕，但是誰知道呢，或許這只是個前兆而已！」

頓了頓，我又道：「其他的事情先放下。小雪，妳幫我去查沈霜孀的養父養母，旁敲側擊地問那個將她寄養在他們那裡、每個月還給足生活費的人是誰。」

不知為什麼，我就是對這件事很在意，我相信裡邊一定隱藏著某些關聯。

根據沈家的一面之詞，說是沈翠親手掐死了親生女兒沈茵茵，和未滿一歲的兒子。

但為什麼沈茵茵沒有死？

既然她能被一個年輕的叔叔救出來，那麼她自殺的過程就變得不太單純了。

那個流傳在沈家大街小巷、婦孺皆知的關於沈翠的事情，或許也並不像流傳的那樣，再加上如果她真的為了自己的女兒，連性命都不要，忍受著懷胎十月以及再次分娩之苦，還忍痛將同是自己骨肉的兒子的血肉，一點點地割下來餵給女兒當藥，那麼她又怎麼可能將好不容易才有所好轉的女兒，親手掐死呢？

她只需要說，丈夫是自己一個人殺掉的，相信沈家懲罰的也只會是她一個人，不會波及到她的兒女。

想不通！或許這裡邊，真的有些什麼秘密是沈家沒有公開的！

用力搖搖頭，將疑惑甩開，我衝沈科說道：「你小子和我去見老祖宗，我們要趕緊將沈家所有的人都撤離出去。」

「真的有這麼嚴重？」沈科大吃一驚。

我哼了一聲，「誰知道呢？或許這裡的芍藥、桂花樹和牡丹，只是單純地盛開想讓人觀賞罷了，但只要它們有後宅那些恐怖植物的一半古怪，我們所有人恐怕都會變成那些玩意兒的營養品，到時候想走都走不掉了！」

沈科這才意識到事情的嚴重性，臉色一變再變，毅然道：「那我絕對不能和你去！

我要留下來陪小露，如果沒有人在她身旁照顧，以那些植物的特性，一定會先將昏迷不醒的她分食掉。」

這塊木頭，看來並不是那麼朽木不可雕。我點點頭，正想要出門，沈雪遲疑地叫住了我。

「小夜，有件事我想應該跟你講一下。」她下定決心，講道：「我知道你不太相信風水什麼的，但是聽我老爸說，昨晚凌晨十一點十一分的時候，有個不知是人還是鬼的東西，闖入了廚房裡。

「他信誓旦旦地說是個母的！有個很值得注意的問題，你想想，就是在十一點十一分，整個院子都傳出狗叫聲，隨後我便聞到了桂花的香味，或許……」

「妳的意思是說，沈家的風水已經完全破壞掉了？」我忍了很久才沒有把「荒謬」這兩個字大聲吼出來。

沈雪輕輕搖頭，「不只是這個問題，恐怕家裡之所以一直都重視風水，就是為了壓制後院那股神秘力量以及那些植物，現在風水破了，某些好的不好的東西，就侵蝕到前宅來。」

我哼了一聲，正想要反駁她這個毫無理由的謬論，突然腦中一動，思維頓時清晰！

原本在自己看出沈家院子裡擺放的是年獸而不是獅子時，我就猜測沈家大宅之所以修建成那麼古怪的樣子，根本就是為了壓制某些東西。

至於風水什麼的，我雖然不相信，但如果是換一種說法呢？

沈家之中原本就潛伏著某種東西，自從清朝康熙年間修好以來，這種力量就一直慢慢腐蝕滲透著沈家，讓它由繁盛轉向衰敗，直到徹底將其構築牢固的風水陣勢摧毀掉。

而它使用的工具，或許就是那個來歷不明的屏風鏡，以及那口能讓人實現願望的古井。

不論是誰，只要接觸到這兩樣東西，滿足了某種條件，不久後那個人就會作夢，夢見的情景大同小異，都是一個穿著紅衣的女人，看不清面孔，只知道她用呆板但卻很吸引人的聲音和你談心，然後幫你出主意，告訴你如何減輕痛苦，或者如何實現願望……

但那些人最後無一例外的都死了。

再次回憶昨晚的情景，我親眼看到沈霜孀全身三分之二的血液，如同被吸引似的大量湧了出去，那種詭異的狀態，令我猛地想起了一個人——

那個和沈梅相戀、最後因為自己所愛的人嫁給別人，而瘋了二十七年的許雄風，他從樓上跳下來後，出血量也十分的異常。

而且，他在死前也描述過自己的夢境，他和沈梅在夢裡結婚，然後生下了兒子。

他絲毫不認為自己瘋掉了，他的意識和行為，被分成了兩個不同的平行世界。

現實世界裡，他被自己的父母鎖住，吃喝拉撒都在不足十平方公尺的小房間裡。而在他認為的真實中，過著他從前無法企及的幸福生活。

只是他從來沒有看清過沈梅的臉，只是理所當然的認為，她就是自己最愛的女人，甚至到死前，也毫不懷疑的相信，那個沈梅不讓他見到她的臉，是因為怕嚇到他。

種種跡象顯示，或許在二十七年前，許雄風也曾經接觸過屏風鏡，或者古井其中之一。

我從來就不信什麼鬼神之說，一個人死了就是死了，如果硬要說她會在某個人的夢裡繼續延續生命，這個調調我根本就不會加以考慮。

許雄風夢裡的女人一定不是沈梅，或許是他臆想出來的影子，又或許根本就是那不知道出現在多少人夢裡的紅衣女子……

孫路遙那個小白臉曾說，二十九號那天絕對不能讓女人進沈上良家的廚房，但現在，意外發生了，廚房裡出現了一個女人，是不是意味著那股神秘的力量已經解開了枷鎖，完全蘇醒過來？

「小夜，你怎麼了？」沈雪見我低頭發呆了許久，擔心地掐了我一下。

「我沒事，剛剛想東西想得太入神了！」想通了許多疑惑，我頓時感到精神大振，似乎沈家的真相，又離我近了一步。

沈雪突然「咦」的叫了一聲，然後用力向四周聞著。

「怎麼有股燒焦的怪味？」

她迷惑地說，然後指著北邊方向，大叫起來：「天哪，小夜我們快去看看，那裡有戶人家著火了！」

我抬頭向後望去，果然看到一股濃黑的煙塵，晃蕩著向天空飄去，如同一根巨大的煙囪，煙中不時還現出一道濃烈的火焰，在這個乾燥的夏季裡，越燃越旺。

沈雪拉過我的手，就朝著火的方向跑去，一副唯恐天下不亂的樣子。

如果不知道內情，還以為是她仇家被火燒到了，絲毫沒人會懷疑被燒的家庭居然還算是她親戚……唉，沈家人的性格，果然是一個比一個奇怪。

沈家人幾乎都出動了，自行連成好幾條直線，將一桶又一桶的水，潑在了起火的房子上。當初在設計沈家大宅時，就有一套拿到現在來說，都令人歎服的防火系統。圍牆有效地將火勢控制在一個宅子裡，不讓它蔓延出去，再加上無數桶水潑過去，火勢漸漸變小了。

厲害！我一邊看一邊暗自讚歎，只聽一旁的沈雪驚叫道：「這不是沈霜孀的家嗎？」

還來不及驚訝，沈玉峰從人群裡鑽了出來，用手抹去一臉的黑灰，露出滿口整齊的白牙燦爛地笑道：「沒錯，這裡就是沈霜孀的家，沒想到只是幾天的功夫，這個一家三口居然全都走了！唉，白雲蒼狗，世事無常啊！」

「沈霜孀的父母都在裡邊？」我有些黯然。

照大家的意思，他們希望她死後依然有她應得的尊嚴，所以並沒有提起，沈霜孀其實並不是這對夫婦的親生女兒。

沈玉峰出乎意料地搖頭道：「屋裡只有沈琴一個人，但應該是活不了了。」

「你不是說她家人都死了嗎？那她父親呢？」我大惑不解。

沈玉峰深深吸了一口氣，在我耳畔輕聲道：「小夜，沈霜孀的父親你也見過，就是你發現的那具屍體，他早在五天以前就死了！」

□

不知不覺間，已經到了沈家五天了。這五天，我們根本就沒有按照原定計畫遊山玩水，到古雲山頂去看雪，到山澗去捉魚。

在沒來之前，沈科給我和徐露承諾了許多美好、具有致命吸引力的事物，總之讓我們這些城市裡長大的人，完全沒辦法抗拒。

於是我們來了，然後立即陷入一個又一個無窮的詭異事件中。

丟開老套的宿命論不談，其實，有時我還是為自己糟糕到要命的運氣嘆服。靠！為什麼走到哪裡，哪兒就會發生怪事？

究竟是本人天生就有招惹怪異事件的能力，還是古怪事件本身用一種奇怪的手法，令我不得不自投羅網，主動將臉湊過去挨打？

這五天時間，在我的感覺裡真的很漫長。

每天我都被一堆事情煩得焦頭爛額、度日如年，幾乎快要抓狂了，雖然直到今天才稍微有柳暗花明的跡象，但誰又能保證那些微的跡象，就是打開沈家那股神秘力量秘密大門的鑰匙？

只是沒想到沈霜孀的養父沈軒，不但在五天前就死翹翹了，而且屍體還讓我在偶然間找到，這是否就是傳說中所謂的巧合，又或者是冥冥中那股力量的牽引呢？

唉，最近不論發生什麼事情，我都會第一時間想到沈家的那股神秘力量，幾乎都快變成神經質了，頭痛！

「我簡單檢查過沈軒的屍體。」坐在客廳裡，沈玉峰衝我和沈雪講述他的檢驗過程。

「他的致命傷在後腦位置，死亡原因是被鈍器重擊了腦部，導致腦死亡，凶器到現在還沒有找到。死亡時間粗略推斷在五天以前，具體時間要由真正的法醫才能判斷，至於沈軒為什麼會死在那個院子，他究竟是被誰所殺，這些通通都是謎。」

「我倒覺得有一點可以肯定。」

我聽完後，分析道：「殺死沈軒的人應該是他熟悉的人，甚至和他有利害關係。

他對那個人十分放心，所以才會背對著他，以至於毫無防備的被那人殺害，而且，恐怕這起謀殺也不是有預謀的。」

沈玉峰驚訝地問：「從哪裡看出來的？」

「很簡單。」

我用手指微微敲著桌面，答道：「如果有預謀的話，凶手當然會事先準備好武器，到時候手起刀落不就得了，幹麼要用不稱手的鈍器？用鈍器不能保證會一擊致命，如果沒能快速殺死他，沈軒大叫怎麼辦？雖然這裡很冷清，沒有多少人住，但還是會有被人聽到的危險。」

我頓了頓，假設著當時的狀況，「五天前，或許是沈軒和凶手起了什麼爭執，他一定是知道了凶手的一些秘密，然後和凶手談條件。由於那個條件實在太苛刻，讓凶手無法接受，那凶手才會臨時起意殺掉他！

「而且，說不定早晨的縱火案，也是同一個人幹的。」

我舔了舔嘴唇，「那個凶手不知道沈琴是不是也知道了自己的秘密，為了安心，他乾脆一不做二不休，把或許知道秘密的她也殺了。

「沈叔叔，如果沒線索的話，你不妨從這方面來查查看。」

「不愧是警察局裡的傳說，看起來，你比你表哥夜峰吹噓的還要聰明。」沈玉峰佩服得五體投地，站起身樂跌跌跑出門，看來是依著我提供的線索調查去了。

他前腳剛一出去，我的臉頓時從得意的表情上跌入了沉思中，過了好一會兒，才苦惱地問：「小雪，妳說，我是不是應該把所有的線索都告訴妳叔叔？」

「你不是把自己的猜測都說出來了嗎？」沈雪詫異地問，突然感覺她看我的眼神完全變了，以前還有點無所謂，但現在明顯寫著「崇拜」兩個字的小星星，砸得我肉麻得想逃跑。

我遲疑地搖了搖頭：「其實，在他將自己所知道的情況告訴我後，我大概已經猜到誰是凶手了！」

「你知道凶手是誰?!」

沈雪頓時驚訝地張大了嘴巴，表情幾乎和沈科那傢伙某個時候一模一樣！唉，他們果然有血緣關係。

「凶手就是將沈霜孀救出來的那個年輕叔叔。」

小心地向四周瞭望，我低聲說道：「就像剛才我講的情況一樣。沈軒偶然知道了沈霜孀的真實身分，他威脅那個年輕叔叔，向他勒索巨額的金錢，或者某個那人無法答應的要求。沈軒揚言不答應的話就將事情說出去，那年輕的叔叔最後不得不氣急敗壞地措手將他殺掉！」

「你的意思是說，只要查到那個年輕叔叔是誰，凶手就找到了？」沈雪立刻興奮起來。

我連忙衝她「噓」了一聲，「有幾個關鍵的地方我還沒弄清楚，如果弄清楚了，那個所謂的年輕叔叔的真相恐怕就不遠了。在這之前，妳千萬不要向任何人說，連提也不准提！」

「為什麼？」沈雪極為不滿地問。

我用強硬的語氣說道：「沈科那傢伙的白癡毛病沒有傳給妳吧？要知道，現在我們連誰是那個年輕叔叔都不知道，如果他正好是妳傾訴的物件怎麼辦？我們不是將頭送過去找死嗎？」

沈雪委屈地嘟著嘴，剛想要申辯什麼，他的老爸沈上良大汗淋漓地衝了進來。

「快！你們都快去老祖宗那裡！」他氣喘吁吁地匆忙吼著，滿臉的驚惶。

「又要開全體會議嗎？」沈雪心痛地用毛巾擦著他老爸頭上的汗，責備道：「跑那麼急幹麼？不知道自己有高血壓啊！」

沈上良顧不得理會女兒，聲音突地哽咽起來，「老頭子他……他……剛剛因為腦溢血，走了……」

# 第十一章 蠢蠢欲動

老祖宗死了，死在客廳裡！

他的死相很恐怖，手如爪子一般向前伸著，眼睛瞪得大大，臉上的表情十分複雜，像是不甘，又像是到死都在懷疑最後一眼看到的東西，剩下的就是痛苦，撕心裂肺的痛苦。

沈玉峰忍著眼淚，滿眼通紅地將屍體檢查了一番，對等候的眾人說道：「老祖宗的死因是由於腦血管壁破裂，血液壓迫腦組織，最後導致腦死亡，是腦溢血的症狀。但具體的屍檢，要等到有人從下邊上來，我們能和外界聯絡後才能進行。」

我仔細地打量著屍體，迷惑地搖了搖頭。

整個沈家因為老祖宗的死，鬧得沸沸揚揚，有人暗自高興，也有人是真的傷心，譬如說我身旁的沈雪和沈科。

沈雪早已經哭得一塌糊塗，跟我走出門後，依然緊拉著我的外套，用我的衣袖使勁抹眼淚，幾乎染濕了我半個袖子。

我皺著眉頭，依然在苦苦思索某些疑問。

沈玉峰用紅紅的眼睛望著我，問道：「小夜，你在想什麼？」

「沈叔叔，老實說，我覺得老祖宗的死有點奇怪，不，應該說他死得太離奇了。」

我沉吟了半晌，不等他們答話，繼續道：「首先是老祖宗的身體狀態。所謂腦溢血，是由於腦血管壁破裂，血液滲出血管外，壓迫腦組織而引起的疾病，這是慢性病，不可能毫無預兆的突發，但我從沒有見過老祖宗隨身帶藥。

「小雪，妳以前有聽過妳家老祖宗患有這病嗎？」

沈雪暫時止住哭，輕輕搖頭：「沒有，或許是他老人家怕我們擔心，故意瞞著吧。」

「那好！」

我聲音大了起來，「妳從前有沒有發現他常常會肢體麻木、無力、頭暈、頭痛、失語或者意識障礙、昏迷等情況？」

「這倒是沒有。」

沈雪看了沈科一眼，兩人都是大搖其頭。

「這就對了，就連我都看得出，老祖宗身體硬朗，比一般青年人都健康，而且思維敏捷，根本就不像有腦部疾病的人。」

我頓了頓，「還有一點最重要，腦溢血一般都發生在春季和冬季，夏季非常少，而且，腦溢血患者的指甲上，通常都有紅色甚至黑色的斑點出現，那表示體內血行出現了障礙，但老祖宗的指甲卻是乾乾淨淨的。」

「那老祖宗的死因究竟是什麼？」沈雪三人張大了眼睛望著我。

我聳了聳肩膀道：「或許是自然死亡，但最有可能的是他殺！」

「但老頭子身上沒有任何外傷，身上也沒有中毒的跡象！」沈玉峰激動地抓著我的手臂，聲音大得像我便是凶手一般。

「誰知道呢？據說有些藥物可以讓服用者腦血管爆裂，像腦溢血的樣子。」我淡然說：「好好保存老祖宗的屍體，有法醫的話，恐怕就能找到真正的死因了。」

「我先去把現場的東西封起來。」

沈玉峰拔腿就往回跑。

我一向都不懂得安慰人，只好拍了拍沈雪和沈科的肩膀，要他們節哀順變。

午時的陽光極為刺眼，刺得人眼睛生痛，我微微地閉上眼，想要享受難得的平靜。

最近實在是太煩悶了，發生一大堆離奇古怪的事也就算了，還一直在死人，而且每個人的死因都是人為的，看似和隱藏在沈家裡的神秘力量扯不上絲毫的關係。

唉，頭痛！突然心臟一緊，我剎那間感到一種窒息，嗆得我無法將近在咫尺的空氣壓入肺裡，背後似乎有什麼緊緊盯著自己，讓我毛骨悚然，甚至心驚膽戰。

我猛地回過頭，除了那片詭異的芍藥外，什麼也沒有發現。

我這才注意到芍藥十分奇怪，路旁綻放的一堆花朵中，我辨認出了好幾個品種。原本淡粉色的種生粉、白色的白玉盤、淡雅的美人面……

這些根本就不可能在一個時節開放的品種，不但在一起妖豔地怒放著，還通通變成了紅色，每一朵都是鮮紅，紅得像血一樣。

我的鼻子似乎也受到了影響，在膩人的桂花香中，聞到了一絲強烈的血腥味。

剛想開口，沈雪已經捏住鼻子大喊起來，「好奇怪的味道，似乎在哪裡聞過。」

難道我聞到的血腥味並不是幻覺？

我大吃一驚，確定似的在空氣裡嗅著。沒錯，四周確實是有一股濃烈的血腥味，那種味道，就和花癡沈羽院子裡，芍藥所發出的氣味一模一樣！

我頓時感到一股惡寒爬上了脊背，猛地朝四周望去。

奇怪，如果拋開為什麼一夜之間桂樹開花、地上長滿芍藥牡丹這個問題不談，假設它為正常的話，那麼芍藥變成鮮紅就不是一般的正常，何況是不應該變紅的品種也長成了鮮紅色。

難道沈家後宅的嗜血植物，它們的根部真的已經伸到了前宅，甚至長滿了所有的角落？我疑惑地望著不遠處，對面也長著許多芍藥，但顏色並沒有變，只有身旁的這個院子透露著古怪的氣氛。

「這個院子有誰在住？」我緊張地問。

沈科立刻搖頭，表示完全不知道。

沈雪瞥了一眼門牌說：「這家人早就搬出去了，裡邊應該空置著。對了！」她像是想起了什麼：「前幾天叔叔抓到的那兩個開發商的人還鎖在裡邊。」

「糟糕！」

一股無法言喻的不安浮上心頭，我一腳踹開門，向關著那兩個傢伙的房間跑去。

剛打開房門，我整個人就呆住了。

房間裡哪裡還剩下什麼人，只有兩具被剔得乾乾淨淨的枯骨，無數的草根和樹根從地板下穿出來，那些根部穿進了每一根骨頭裡，它們將骨架緊緊拴住纏住，彷彿那也是它們的一部分。

我的手在顫抖，慢慢的，那種顫抖蔓延了全身，甚至牙齒也不住的「咯咯」作響。

跟在我背後進來的沈雪和沈科，也被眼前的景象，嚇得全身僵硬地停在原地，沈雪嚇得用力抱住我，像是躲避現實的鴕鳥一般，深深將頭埋入了我的懷裡。

「這是怎麼回事，到底是怎麼回事？」沈科喃喃地說著，一直在重複著那句話，似乎是被嚇傻了。

我用沙啞乾澀的聲音，艱難地回答：「你眼前的是什麼，也就意味著什麼。看來最不希望發生的事情，終於還是發生了！」

沈科「媽呀」的大叫一聲急忙向外跑，「小露，那些該死的怪物！小露千萬不要有事才好！不然我真的，我就……」

還沒有聽清楚他後邊的話，那重色輕友的傢伙就已經丟下我們，自個兒跑得沒影子了。

我實在找不到任何語言，可以用來形容沈家目前糟糕的狀況，不但有那股神秘的力量在暗中監視著每個人的一切，還有嗜血的植物在窺伺著，將某些失去行動能力的人殺死，當作高級營養午餐，吸食掉他所有的血肉。

最煩惱的是，我們中間還隱藏著一個殺人魔。他已經殺死了沈霜孀的養父養母，或許也是他殺掉了老祖宗，那麼，下一個會是誰呢？

如果這三個人都是沈霜孀口中，那所謂的年輕叔叔殺的，那我真的要重新考慮他的殺人動機了！

看來，為了活命，真的只剩下最後一個辦法……

□

再次見到孫路遙時，他滿臉的失魂落魄，望著沈宅的天空不斷嘆氣。

我走到他身旁，也不由自主地向天上望去，天呈現透明的蔚藍，乾淨得碧空如洗，這種原本令人心曠神怡的景致，不知為何卻透露出一絲詭異。

「風水全敗了！完全敗了，整個沈家都會受到詛咒！」他面如死灰，喃喃自語道。

我不屑地大聲說：「我從來就不信什麼風水，也不相信詛咒，只要我們所有人都從該死的沈家大宅裡出去，就不會再受到影響了！」

孫路遙搖了搖頭，「你不懂！我們孫家歷代都為沈家勘測風水，其實就和你說的一樣，風水只是個幌子，最重要的是為了將沈家下邊的東西壓制住。

「現在可以鎮壓它的東西已經被徹底破壞了，那傢伙已經逐漸清醒，你以為它會放過我們嗎？」

「沈家下邊究竟有什麼？」我臉色凝重地問。

「那裡有一個大墳墓。」

孫路遙用眼睛死死地望著我，像下定了決心似的，毅然道：「既然我們都要死了，我也不想再隱瞞。

「沈家大宅中的一切，都是為了壓制墳墓中的東西而存在，包括人在內。在宅子裡的人以為自己很幸福，其實通通只是個假象，他們全都只是些棋子，一些悶在這個小小世界中的可憐蟲。

「他們中的許多人已經被墳墓中的東西侵蝕了，永遠無法離開沈家大宅，而我們孫家，則是這個大墳墓的守墓人！」

「究竟是怎麼回事？」

我被孫路遙話裡的意思弄懵了，大腦一時反應不過來。

「我說過你不會懂的。你根本就不可能想像，即使是我，從小就被上一代的堪輿師灌輸有關沈家的一切，我也到十六歲以後才漸漸明白。」

他長嘆了口氣，「沈家大宅的人，能夠走出古雲山，和外界接觸的只是少數的異類，大部分人終其一生都無法離開本家周圍，他們不是不想走，而是不能走。」

我還是不太明白他的話，疑惑地問道：「為什麼不能，腿長在他們身上，想到哪去，一定都可以走到哪去！」

「哼，你不會懂的。」

孫路遙冷冷笑著，用憐憫的眼神看著我，就如同我是一隻井底之蛙，聽不懂人話的毛毛蟲。

原本我便對他沒什麼好感，現在更被他左一句你不懂，右一句你不明白弄得直想發飆。強壓下怒火，我岔開話題，捺著性子，將沈家所有人將要面對的危險狀況和局勢，略微講了一下，最後說出了自己的目的：「我想讓你出面，要所有人從沈家大宅撤離出去。」

「沒用的，總之大家到時候都要死！哼，再死幾個人就會輪到我了，跑不掉的！」

孫路遙沒有再看我一眼，頭也不回地走掉了。他的肩膀在顫抖著，不知是因為害怕，還是因為有心無力。

我瞪大眼睛，看著他漠不關心沈家人的生死，氣得差些把血都給吐出來，這算什麼玩意兒？

「小夜，我們真的都會死嗎？」一旁的沈雪憂鬱地問，她似乎從孫路遙的話裡明白了什麼。

我還在氣頭上，也沒有多在意她的表情，只是搖頭道：「不管那傢伙了，總之我們分頭去勸說沈家的人離開。」

說到這裡，又不由自主地嘆了口氣，「至於有多少人相信，多少人願意和我們走，那就要聽天由命了！」

□

費盡口水，陪盡臉色，一家挨著一家勸說，但最後要和跟我們一起走的人，也不過才十個人左右，而且那十人，幾乎全都對我們的解釋半信半疑。

上帝，為了救他們的命，我真的是煞費苦心，就差下跪了。

當我們忙完時，已經是三十日的下午，現在動身的話，一定走不出古雲山，只好和他們約定到明天早晨七點，準時出發。

那些傢伙一個個像是想去野餐一樣，喜氣洋洋的，根本感覺不到有人死掉的悲傷。唉，恐怕有許多人早就希望老祖宗趁早死掉，免得阻止他們發財。

三十日的夜難得的平靜，原本怒放的牡丹和芍藥，在夕陽最後一絲血紅的光芒消失後，也突然凋謝了。

時光似乎在這些花朵上流逝得特別快，它們用一分鐘時間凋零，一分鐘垂下花蕾，一分鐘掉入土裡，然後徹底地沒了蹤跡。

飄忽在整個沈家中的膩人桂花香味也聞不到了，只剩下一股說不清道不明的怪味，不像血，也不香，只會令人感覺很煩躁。

我確實是非常的煩躁。站在窗前望著遠處的夜色，腦子裡還不斷想著孫路遙中午說過的那番話，說實在，直到現在也不是很明白。

用力地甩甩腦袋，我苦笑起來。

「沈家大部分人終其一生都無法離開本家周圍，不是他們不想走，而是不能走。」這句話裡到底蘊藏著什麼含義？就因為自己無法揣測，所以才更加的煩。

心裡十分煩悶，有股淡淡的壓抑，和強烈的不安。雖然本家裡古怪的東西看似已經消退了，但這種莫名其妙的消退，絕對不是好兆頭，或許，是暴風雨來臨的前兆也不一定。

有人在敲門，是沈雪。

她從門外邊小心的探出一個頭，然後衝我勉強地笑道：「小夜，這麼晚了，你怎麼都還沒有睡？」

「妳不也是一樣嗎？沈科那傢伙在幹麼？」我不知道該向她說什麼，用力撓了撓頭問出了這麼一句不符合邏輯的話。

「那傢伙當然是死賴在小露的床邊上不走，我……我又不好意思當電燈泡。」

她滿臉羞紅，不知道在想什麼，突然看到她手裡抱著的東西，我笑了。

「妳害怕？不敢一個人睡？」

「混蛋！誰說本姑娘害怕的？只是睡不著罷了。」

被揭穿了目的，沈雪不由得嘴硬。

「睡不著還抱著枕頭和被子到處跑？」

「你管我，人家就是喜歡，抱著又舒服又暖和，而且不會受涼。」

「還這麼鐵齒，擔心以後嫁不出去。」我哭笑不得地將她拖進房間，按倒在床上，喝令她睡好後，坐到床邊低頭繼續沉思。

沈雪從被子裡伸出手來，輕輕握著我的手，她的雙眼一眨不眨地看著我。

微微撥動她凌亂的鬢髮，我奇怪地問：「怎麼，我臉上在播電影嗎？就算我再帥也禁不起妳這樣看啊！」

「臭美。」

她嘟著嘴，偏過頭去，假裝不看我。

嗅著女兒家特有的溫熱馨香，我又使壞地笑起來。

「要我唱歌給妳聽嗎？」

「不要，你唱的歌難聽死了。」

她想起了什麼，臉羞得浮上一朵暈紅的雲。

「哼哼，不知道是誰說過，她不聽歌就睡不著。」

「那好，你唱。」

沈雪鼓起勇氣，輕咬嘴唇道：「我要聽那天你在地下室唱過的歌。」

望著兩片鮮紅欲滴、泛著濕潤的唇瓣，我眨眨眼，道：「妳先閉上眼睛。」

「我才不要，你絕對會幹什麼壞事。」她聳著小巧秀挺的鼻子，一邊說不願意，一邊乖乖地閉上眼睛。

如蘭的吐息變得急促起來，我低下頭，只聽「嗯」的一聲嬌叫。四片嘴唇緊緊貼了起來。

□

第二天一大早，一陣瘋狂的踹門聲又響了起來，一聽就知道是沈科的風格，當他看到沈雪打著哈欠一邊向他打招呼，一邊走出去時，眼珠差些都迸了出來。

「相信我，我什麼都沒做！清白得就像白紙一樣！」

我看到他的表情，立刻就明白了他在想什麼齷齪的想法，立刻申辯道，不過那句解釋用詞，自己都覺得很心虛。

沈科瞪著我，捏著拳頭，「如果從一個小偷身上搜出了贓物，而且還有目擊者看到了他犯案的全部過程，你認為會有人相信他是清白得如同一張白紙嗎？」

「我根本就沒有犯案，一整晚都在地上打地鋪，怎麼可能會有人看到我犯案的全部過程？」

我難得和他在這個問題上繞圈子，問道：「你收拾好了嗎？我們準備出發。」

「別提出發了，現在整個沈家已經鬧得沸沸揚揚的，就是不知道這件事你聽了，會不會感到高興。」沈科苦笑起來。

「又發生什麼事了？」看他的臉色，我再次不安起來，難道發生了比嗜血的植物更可怕的事情？

沈科抬頭望著我，艱難地說道：「昨晚，孫路遙死了！」

# 第十二章 真相

孫路遙死得比老祖宗更詭異！

他瞳孔放大，恐懼地向前望著，手裡緊緊握著羅盤，他的身上早已經纏滿了根鬚，那些根鬚刺入他的肉裡，不斷吸食著血和內臟……不知道這樣的狀況已經持續了多久，孫路遙的眼珠凸出眼眶，骨頭外似乎已經只剩下了一層薄薄的皮。

現場的詭異狀況，嚇得許多人不由得倒吸了一口涼氣。我強做鎮定，用力將根鬚扒開，當檢查到他的胸部時，有個東西從他的衣服上掉了下來。

我撿起來看了一眼，頓時難以置信地呆住了，這個東西我在某個人手裡見到過，那麼……不對！他為什麼要殺孫路遙？沒有理由的！難道事情裡還有些不為人知的蹊蹺？

安靜地拖著沈科三人走出門，我謹慎地打量了一下四周，小聲問：「十年前，關於沈霜孀的母親沈翠親手掐死自己的骨肉，然後自殺的事情，究竟是誰處理的？」

「記不清了，應該是老祖宗和其他幾個人吧，對了，當時上一代的堪輿也在。」沈科撓著頭答道。

「那就快去查！」我著急地吼道。

「我記得，其中有二伯和四伯。」沈雪苦苦回憶了一下，好奇地問：「小夜，你問這個幹麼？」

「我當然有自己的理由。」我沉下臉，絲毫沒有因為猜到了凶手是誰而興奮，反倒在心裡暗暗責罵自己笨。

上帝！千萬不要讓那個人手裡再添殺孽了！

長長吐出一口氣，望向萬里無雲的碧藍天空：「恐怕凶手的下一個目標，就是你們的二伯和四伯。」

「什麼？」三個人驚訝地叫聲，頓時交纏在一起，然後蕩開。

□

一個偏僻的院子裡，面對面站著兩個人。

先來的那個背對著剛來的那個，沉默不語，剛好是我正找得焦頭爛額的沈易和沈繆。

不知就這樣相對沉默了多久，沈繆終於忍不住了，先問道：「二哥，你叫我來幹麼？」

沈易轉過頭來，死死地盯著他的眼睛，說道：「老四，老實說，老頭子是不是你殺的？」

「開什麼玩笑！」沈繆的臉頓時變成了豬肝色，氣憤地吼道：「這麼大逆不道的事情我沈繆怎麼可能做得出來。」

沈易哼了一聲，「三天前，我親眼看到你從那兩個開發商手裡接過一小袋東西，你我都很清楚，老頭子的身體一向都很硬朗，怎麼可能在你前一天晚上剛說想他腦溢血暴斃，第二天他就真的因為腦溢血死了？」

「不是我幹的，我從開發商那裡拿的只是些感冒藥，信不信由你。」沈繆越說越氣，「別忘了，那天我可是整晚都和你在一起，怎麼可能分身跑去殺老頭子。」

「難說。」沈易依然盯著他看，似乎想要從他臉上看出什麼端倪：「我曾經進過老六的房子裡，說不定你就是趁那段時間跑去的。」

「二哥，如果你硬要誣賴我，我也沒話好講。」沈繆回瞪著他，直著脖子說：「哼，別以為你一直都是那副孝子模樣就可以騙過我，我明白得很，其實一直最需要錢，最想老頭子死掉的就是你！說起來，你殺人的動機比我更大。」

沈易原本不慍不火的態度似乎也被潑上了油，猛烈燃燒起來，「老四，你說瞎話也不怕咬到舌頭，我想老頭子死掉，哼，證據呢？」

就在這兩位親兄弟忙著狗咬狗的時候，一個黑影正慢慢地向他們靠近，越靠越近，就在距離五公尺遠的時候，黑影突然全身一顫，猛地停住了。

回過頭，我苦澀的笑臉，和沈雪沈科兩人驚訝的目光，頓時映入了他的眼簾。

沈易和沈繆發現我們就在不遠的地方，兩人都是臉色一變，尷尬得不知道是不是該離開。

「果然是你！沈叔叔。」在沈玉峰慌忙的目光裡，我黯然問道：「你在這裡幹什麼？」

「閒逛罷了。」他強笑起來。

「閒逛需要帶刀嗎？」我低頭看著他手裡的匕首。

「最近實在不安全，老是死人。」

我對他突然變燦爛的笑視而不見，依然半死不活地問：「你就是用這把刀殺死孫路遙的吧？還有老祖宗，沈琴和沈軒，都是死在你的手上！」

沈雪和沈科臉色變得煞白，同時退了一步。

「等等，小夜，你懷疑叔叔殺人？」沈科看著我，又望著沈玉峰，滿臉的不信：「別開玩笑了，我的叔叔怎麼可能殺人！你一定是搞錯了！」

「那好。」我衝著沈玉峰攤開手：「沈叔叔，把你的手機借我看一下。」

見他愣愣地沒有回應，我從口袋裡掏出了一樣東西，「這是我從孫路遙的衣服上發現的。它被夾在皺摺裡，然後被樹根層層包圍了起來，這就意味著，那玩意兒不是後來放上去的東西，應該是凶手留下的。

「這是什麼東西，大家應該都清楚吧！」我感覺嗓子在發澀，在變啞，我不想將那番話說出來，不想指控這個平易近人、滿臉都堆滿令人心情舒暢的笑容的叔叔，但世事，往往無法預料，也沒有辦法擺脫強加在你身上的束縛。

「這個是手機的按鍵，在沈家，這種型號的手機就只有沈叔叔有。」

沈科還是難以置信地喊著，他用力的搖沈玉峰的手臂，大聲道：「叔叔，把你的手機給那個多疑的王八蛋看！你沒有殺過人對吧，你沒有！告訴我，你沒有！」

「小科。」沈玉峰彷佛頓時老了幾歲似的，滿臉疲憊地將他推開：「謝謝你相信我，不過，就像夜不語說的那樣，所有人都是我殺的！」

「為什麼？叔叔，你為什麼要殺了老祖宗？」一直都沉默著的沈雪用力抓住我的手，她的眼淚不爭氣地又流了出來。

「為什麼？哼！」沈玉峰臉色一變，突然歇斯底里地叫道：「他們該死，統統都該死！」

「是因為沈霜孀的親生母親吧，那個叫沈翠的女人？」我強壓住內心的痛苦，淡然道。

「沒錯，她是我這輩子最愛的女人。」沈玉峰從癡癲狀態變得深情起來，聲音也開始溫柔，緩緩回憶道：「有人說，從青梅竹馬能一直順利地走到花前月下，簡直就是奇跡。但我和她不同，不但是青梅竹馬，還一直深深地愛著對方，一直到十八年前，準備談及婚嫁的時候。

「那可惡的老頭子不同意，他認為本家的人，絕對不能不要臉地去娶一個下賤、毫無身分地位的旁系女人，他甚至向阿翠的父母施壓，最後阿翠的家人只好草草地把她嫁給了一個粗魯的男人。

「我萬念俱灰下，便和老頭子吵了一架，獨自離開了沈家。但沒想到十年前居然從本家裡傳出了她的死訊。

「我立刻回到沈宅調查原因，但所有人都眾口一詞，說她是因為殺了自己的丈夫的事情曝光後，羞愧難當，只好掐死自己的兩個親骨肉，自己也上吊自殺了。

「由於沒有任何線索，我也不好滯留。就在要離開的那天晚上，有個八、九歲的女孩突然出現在我的房門前。雖然從沒有見過她，當就在我看到她的那一刻，莫名其妙地知道了她的身分。

「她是沈茵茵，是我最愛的女人留下來的血肉。

「我不能把她帶走，因為是本家的人都知道，不是所有的沈家人都能離開沈宅，沈茵茵也不能，我只好無奈地將她換了個名字，寄養在沈軒家裡。

「沒想到這麼多年，還是被那老王八蛋知道了，哼！他居然敢威脅我，要我把老頭子幹掉！沒關係，老頭子我當然會幹掉，不過，在此之前，我要先殺了他，殺了他老婆，燒了他全家！」

沈玉峰的臉又變得猙獰起來，他語氣凶狠地一邊說，一邊用手比畫著自己行凶的所有過程，似乎完全沉浸在那個瘋狂的世界裡。

「但是你為什麼要殺孫路遙？他和你無冤無仇才對？老祖宗逼沈翠結婚的時候，他不過才一歲！」我打斷了他的回憶。

「小夜，你知道阿翠是怎麼死的嗎？」沈玉峰緩緩地向我望來，他的眼睛陰沉，看得直讓人毛骨悚然。

「她不是自殺？」我遲疑地說。

「當然不是，自殺，哼，自殺！真是個好聽的藉口。」他神經質地用雙手狠狠扯著自己的頭髮，「她是被活活餓死的！」

「什麼！」我們幾個人同時震驚地叫了出來。

□

「不祥。院子在申位，屍體被埋在假山裡，這附近的風水全都受到影響了。」九歲的孫路遙在上一代堪輿的陪同下，把沈翠的家裡裡外外看了個遍。

老祖宗小心地陪笑道：「有勞孫堪輿找個福位把屍體葬了，應該不會再有問題吧？」

「不成。」孫路遙小小的腦袋搖得就像個博浪鼓，「滿院子都是怨氣，不把怨氣平息下來，恐怕風水早晚會敗掉！」

「那該怎麼辦？」老祖宗急了起來。

「沈家後宅最中央的地方有口古井。」孫路遙看了看自己的師父，掐指一算：「要把那個殺死男人的女人，還有所有在這個宅子裡住的人，全部扔到那口井裡。」

□

「老頭子瞞著所有人，讓老二和老四把阿翠和她的兩個孩子偷偷地扔進了後宅的井裡，只是不知道沈茵茵是怎麼逃出來的。

「阿翠，那個我最愛的女人，她哭鬧，絕望，直到三天後才痛苦地死去，可笑的是，我直到二天前才知道真相。」沈玉峰直直地望著自己的雙手，突然笑了，「不過我總算替她報了仇，還有兩個人，還要把那兩個王八蛋殺掉！」

他從口袋裡掏出匕首，猛地朝早已被我們之間的對話嚇得全身僵硬的沈易和沈繆衝去！

我反應也不慢，在他行動的一剎那，急忙跳過去抱住了他的雙腿。

我倆雙雙摔倒在地上，沈玉峰氣急敗壞地吼道：「放開我，反正我也殺了不少人了，不會在乎多殺你這一個。」

「沈叔叔，我知道你有多愛沈翠，我清楚你失去她的痛苦。」我大聲說道：「她也一樣。你知道自己有一個女兒嗎？你和她之間的親生骨肉。難道你希望她在天之靈，看到自己的父親是被萬人唾棄的殺人犯？」

「我！阿翠生了我的骨肉？」沈玉峰頓時呆住了，他坐起身，猛地抓住我的肩膀，「這到底是怎麼回事？她怎麼可能有我的骨肉?!」

我喘著粗氣，「沈翠在嫁給她的丈夫時，已經有身孕了。」

「是茵茵？」

「對，就是沈茵茵。」我有些黯然，「那個兩天前死在你懷裡的可憐女孩。」

沈玉峰仰著頭大吼了一聲，我聽不出他想要發洩的所有意思，只是見到他拿著匕首的那隻手緩緩地垂落了下來。眼淚，無法仰制地流著，流得讓人嗓子癢癢的，也想跟著他大哭一場。

就在我以為一切都結束的時候，沈玉峰用力推開我，飛快地跑出了院子。

「阿夜！」沈雪一邊哭，一邊緊張地喊出聲來：「他跑了，他跑了……」接著喃喃的，再也不知道該說些什麼。

我嘆了口氣，淡淡地說：「讓他走吧！他在殺第一個人的時候，就已經沒想過要活著離開沈家大宅了。」

「不行，我要去救他！」沈科轉身就要追過去，卻被我一把抓住了。

「你幹什麼？」他惱怒地衝我吼著。

我笑，臉上拚命擠出比哭還難看的笑，然後狠狠給了他一拳，「做為男人，難道你還感覺不到你的叔叔想去幹什麼嗎？他是去那口古井，去見他最愛的女人，還有他到死也不知道的女兒最後一面，就算這樣，你還想攔著他嗎？」

見他一聲不哼地坐倒在地上，我沉聲道：「再說，現在我們還有更重要的事。沈家大宅的氣氛越來越詭異了，我怕今天就會有什麼大的異變，現在大家就收拾好行李，我們要趁早走人！」

突然耳中聽到一陣又一陣的歡呼聲。我迷惑地走出了院子，和沈科三人到了大宅的出口處，剛看了一眼，內心的陰霾頓時一掃而空。

我的上帝！玉皇大帝！管他是誰保佑，沒想到在這個關鍵時刻，該死的警局總算派了車隊過來了！

# 尾聲

「你帶回來的那隻青蛙怎麼樣了？」

「算了！別提了，實在是丟臉，回家後打開背包一看，那個玻璃盒裡只剩下一堆爛泥！哪還有那隻怪蛙的影子。」

從沈家回來了半個月後，當所有人都恢復了百分之八十的悠閒心情，以及百分之七十五的安逸興致。

我又無聊地坐在 Red Mud 裡，一邊慢悠悠的甩腿，一邊啜著卡布奇諾。和沈科、徐露兩個同樣無聊的人有氣無力地閒聊。

「沈家大宅呢？最後賣給了誰？」

「你猜。」

沈科衝我眨了眨眼睛，然後黯淡著臉說：「小夜，叔叔的屍體找到了。」

我坐直，嘆了口氣問：「讓我猜猜。是不是在後宅正中央的那口古井裡？」

「你怎麼知道？」

沈科滿臉的不可思議。

我衝他揮了揮手，「這是男人的直覺，說了你也不會明白。」

「這有什麼好跩的？」

他哼了一聲，突地低下聲音，故作神秘地說：「後邊的事情，小夜，任你再怎麼聰明也絕對不可能猜到。」

「不會是在沈家大宅底下發現了一個陵墓吧？」

我不動聲色地喝了口咖啡。

沈科頓時張口結舌地瞪著我，彷彿在看怪物一般，嘴裡的咖啡也忘了吞下去，就這樣任它們順著嘴角流了下來。

他好半天才回過神，瞥了一眼徐露，立刻又搖頭，遲疑地問道：「你怎麼可能知道，誰告訴你的？不要說又是靠什麼該死的男人的直覺！」

「賓果。你答對了，我就是靠男人的直覺。」

我在臉上堆砌著笑意，壞壞地說。

「算了，你這種怪物的大腦，我們平凡人是不可能揣測的。」

沈科做作地抹抹嘴，繼續道：「在將古井裡的屍體吊上來的過程中，有人發現井底有塊地方不一樣，於是好奇地將它敲開，沒想到居然找到了一條通道。那個只能容下一個人進出的通道一直向下邊延伸，不斷延伸，最後來到一個十分龐大的地下洞穴裡。」

他舔了舔嘴唇，本想吊我們的胃口，見沒人理會他，只好訕訕地繼續講，「那個偌大的空間裡，正中央的地方只有一口貼滿符咒的棺材。棺材板蓋上用篆體刻著一個大大的『陳』字……」

還沒等他說完，我已經一把抓住了他的手臂，「你說什麼？那上邊真的刻有一個『陳』字？用的真的是篆體？」

我凶神惡煞的表情把那小子嚇了一大跳，他慌張地連忙道：「我發誓！」

「發你的大頭鬼，快說，棺材裡到底有什麼？」我喝道，聲音大得就連附近的人也忍不住回頭望過來。

沈科冷汗直流。

「是一隻右腳。那麼大的棺材裡只裝了一隻右腳，你說奇怪不奇怪？」

陳家墓穴！又是陳家墓穴！

原來一直隱藏在沈家中的秘密，就是這個！

所有的疑惑就在這剎那全部解開了，國中時關於陳家墓穴的事情，全都一點一滴地回憶了起來。〈詳見《夜不語詭秘檔案：碟仙》〉

恐怕整個沈家大宅，就是為了用來鎮壓陳老爺子的那隻右腿……

為什麼沈家的祖宗，會斥資在那偏僻的古雲山上建造宅子？

為什麼一百多年來，沈家那麼在乎風水？

那個用來許願的古井直接通到墳墓裡，也就意味著神秘的力量有了宣洩口，它在那個墳墓的作用下，影響許願人的思維，也就不算古怪了。

那麼，那面屏風鏡呢？難道它是陳老爺子家的擺設？不過，那些受害者夢裡不斷出現的紅衣女人又是誰？他老婆？

頭痛，看來不完全解開陳家墓穴這個謎團，還是沒法對沈家遇到的事情，做出完整的解釋。

唉，陳老爺子屍體的其他部分，究竟還散落了多少個地方？是誰會那麼恨他，在他死後還要將他分屍？究竟他有什麼古怪？

「小夜，你怎麼了？」徐露關心地推了推我。

我立刻笑起來：「我沒事。對了，小科，沈叔叔不是說本家的所有人都知道，不是所有的沈家人都能離開沈宅，那是什麼原因？你知道對吧？」

「我當然知道，不過，嘿嘿。」

沈科笑得就像奸商一般，「我記得你給我講過一個廣告商上天堂的故事，你還說那裡邊蘊藏著你討厭風水師的原因，現在可以告訴我了吧？」

「我都說那是個寓言，要你這個白癡開動你的豬腦袋認真想的，你怎麼那麼浪費我的苦心。」

「告訴我嘛！我們不是一家人嗎？」沈科嘻皮笑臉地靠在我的肩膀上：「走的時候沈雪還叫我幫她照顧你呢，嘻嘻，還說你們之間沒什麼關係。」

我一腳踢在了他的臉上。在沈科的叫痛中以及徐露別有深意的笑容下，我忙中偷閒地望向了窗外。

天際湛藍，萬里如雲，晴空如洗，突然有種想哭的衝動。

記得有個詩人說過，時間是一條河流。

我們就像站在岸上的人，看著那些曾經遇到的人，

慢慢地遠去，慢慢地，慢慢地消失在眼前。

或許，正如同那個詩人說的那樣，沉澱在心裡最深處的一種幸福，就是每一個人都會永遠保留著的那些東西吧……

*The End*

# 番外・陰宅

## 楔子

李豔將陽臺上種出來的蘿蔔去皮切好，然後把用剩下的放到了冰箱裡。她自己都沒想過，一時心血來潮在陽臺上弄出了個小花盆，隨便丟了些蘿蔔種子，居然能發芽，而且長得還不錯。

「這蘿蔔好鮮啊！」餐桌上，老公夾起一塊蘿蔔放入嘴裡，讚不絕口。

兒子也點頭認同，「是啊，老媽，我從來都沒吃過這麼好吃的蘿蔔。入口即化，而且明明是蘿蔔，居然那麼鮮。」

「好吃就多吃點。」見大家都喜歡，李豔笑呵呵的，充滿幸福感。她決定明天去多買些花盆放家裡，再多種蔬果。一邊想一邊夾了塊蘿蔔吃起來，蘿蔔一進嘴，她就瞇起了眼睛。天哪，自己從來沒有吃過這麼鮮這麼爽口的蘿蔔，好吃到，甚至好吃到她覺得有些詫異。

這真的是蘿蔔嗎？會不會自己偶然種出了什麼新品種？

吃完飯，李豔收拾好碗筷，抬頭時才發現天色早已經黑盡了。夜色彌漫在窗外，帶著一種難言的朦朧感。晚上七點半，玻璃窗外霓虹燈的光射了進來，將家裡照得五光十色。

李豔打開客廳的燈，兒子回房間做作業了，老公在書房裡整理文件，只剩下她一個人待在客廳看狗血連續劇。正沉溺在劇情中的她突然打了個冷顫，不知為何，她總是覺得有一股扎人的視線若有若無地偷窺著她。

那股視線，似乎是從陽臺上射過來的。

主婦走過去隔著落地玻璃往外望。他們一家才剛搬來半年，房子很小，一房一廳，所以租下後老公用簾子在客廳隔出來一塊，當做兒子的臥室。房間的陽臺更小，只有兩平方公尺，方方正正一目了然。除了花盆就只剩下些雜物，並沒有任何可疑的東西！

她巡視了片刻，摸了摸頭髮疑惑不已。剛才的窺視感，現在想來似乎只是錯覺而已。李豔再次回到沙發繼續看電視，這一次偷窺的視線再也沒有出現。直到她十點半上床睡覺，一切都很正常。

當她被一陣突如其來的尿意驚醒時，已經十二點半了，李豔從臥室出來穿過客廳去廁所。猛地，一股強烈的窺視感暴露在她身上。這股視線帶著恍如實質般可怕的冰冷，猶如寒冬臘月的暴雪天氣，讓她冷到發抖。

有小偷？主婦下意識地想著，立刻尖叫著叫醒了自己的老公。睡意朦朧的老公和兒子都被吵醒了，兩個男子漢一個提著菜刀一個拿著不知從哪弄來的棒子湊近陽臺。

往外看了看，依然只看到雜物和花盆，緊張的神經不由得鬆懈下來。兒子失望道：

「老媽，哪裡有小偷！」

「老婆，妳最近是不是偵探劇看多了？我早就說少看一點，對身體沒好處。」老公拍了拍妻子的肩膀。

「可我到現在都有種感覺，似乎有什麼東西在看著我們。」李豔委屈道。

「說起來，我住進來後，似乎也經常有這種錯覺。」老公仔細回憶了一下，點頭，「視線似乎是從陽臺上傳過來的。」

「我就說嘛，不管有沒有小偷，總之這件事有些古怪。」李豔皺著眉頭，她心裡發悸，總覺得會有不好的事發生。女性的第六感，通常很靈。

大家正準備回房間繼續睡覺時，兒子突然捂住自己的肚子大叫起來：「爸，媽，我的胃好痛啊。」

「快打 119，是不是食物中毒了？」只不過幾秒鐘，燈光下兒子的臉就從紅潤變得慘白，密密麻麻的汗水爬滿了他全身所有皮膚，他緊抓著胸口，恨不得將手指伸進肉裡去，把痛苦的部位挖出來。

父母被嚇得六神無主，爸爸拿起電話的手都在發抖，好不容易打了電話，自己的兒子已經開始嘔吐了。開始是酸水，然後一團黑色的東西就從兒子喉嚨裡流了出來。那團黑色的玩意兒散發出刺鼻的氣味，十分噁心。

母親定睛一看，那東西居然是土，黑色的土。

黑土彷彿有生命般，掉在木地板上後不斷地蠕動，尾部還跟兒子的嘴連接在一起，彷彿一條黑色的蟲子。兒子的身體支撐不住猛地倒在地上，他的瞳孔渙散，那些黑土似乎在吸取著他身上的什麼。

漸漸的，兒子的臉完全沒了血色，也不再動彈。他的皮膚變得不再光滑，皮下的肌肉也開始萎縮變形。兒子的生命力在漸漸消失！

「這是怎麼回事！」李豔夫妻完全嚇呆了，他們腦子呆滯，像是石化般站在原地。那股窺視感更加強烈了，房間裡流淌著一股詭異的壓抑，彷彿周圍的空氣也凝固了似的。他們如同離開了水的魚，連呼吸也逐漸變得困難起來。

像是有東西在感染他們，沒多久，夫妻倆也開始覺得胃部變得不舒服。有股噁心感凝而不散，充斥在肚子裡，異物似的蠕動著。他們恐懼得要命，拚命地用手抓撓著自己肚子上的皮膚。身體裡的東西動作變得越來越大，想要咬破他們的皮肉從胃部鑽出來。

李豔夫妻不久後也失去了力氣，坐倒在地上，生命力果然在流逝。逐漸麻痺的腦袋支持不了複雜的思考。他們用渙散的眼睛看著模糊的屋子，這間住了半年的房子原本無比熟悉，現在卻顯得十分陌生起來。

這房子，有問題！

# 1

自從住進去的第一天，張巧玲就感覺這房子有些不對勁兒。究竟怎麼個不對勁兒法，她也說不上來，可是渾身不舒服的感覺，一直伴隨到現在。每晚每晚，她都夜不能寐、神經失調，她感覺就快要到崩潰的邊緣了。

搬入這個房子的第一天，其實就已經有了不祥的預兆，只是沒有太在意。

張巧玲在附近的一家IT公司工作，在這個臃腫不堪的大城市中，以她那點可憐的工資，買房是完全不可能的。租屋成了唯一的選擇。不久前剛被前房東以種種原因趕走的她好不容易才找到了一間很不錯的公寓，一房一廳，還有小廚房和獨立的浴室，房租也不貴，最重要的是離公司夠近。

張巧玲喜孜孜地立刻付了一年的房租，和自己的男友搬了進來。

「這地方好陰森啊。」男友叫趙強，南部人，有些迷信。對此張巧玲一直嗤之以鼻。確實，能通往自己租屋公寓的只有一條漆黑沒有路燈的蜿蜒小巷，道路狹窄，而且兩側高聳著牆壁。一到晚上的確很不方便，但她又不是下班很晚的人，所以倒也無所謂。

畢竟沒有這條不方便、滿地都流著污水、充滿著惡臭的小巷，這裡的房租也不會如此便宜。

小房子房齡老是老了一點，可內部被房東裝潢得很溫馨，張巧玲無比滿意，心情好到感覺天空都湛藍了許多。

搬家後，她迫不及待地約了好幾個朋友來家裡玩樂慶祝，閨蜜和公司好友全都滿臉羨慕地打量著房間中的一切，感嘆自己為什麼沒有這麼好的運氣。

「妳走狗屎運了，巧玲。嘖嘖，這麼低的價格能租到這麼好的房子，狗屎運還不是一般的好。」閨蜜凡夢酸溜溜地說。

幾個好友一邊吃著張巧玲準備的美味食物，一邊用嶄新的 LED 電視看高畫質電影。大家聊著房子的事情，不知不覺就混到了晚上十點過。

「夜雨欣，妳怎麼不說話？太反常了吧，平時妳這丫頭話嘮得很。」張巧玲詫異地發現同事夜雨欣今晚很沉默。

「沒什麼，就是覺得這個地方有些壓抑，令人不舒服。」夜雨欣下意識地打量了屋子一圈，裝潢溫馨、家具全是暖色調，牆壁也刷成了淺黃色，在燈光照耀下顯得明亮通透。以格局來說，本不應該有陰森感的，可不知為何，她總是很不自在，呼吸不暢。彷彿屋子裡的一切都是停滯的，不會流動。而進入肺部的空氣，也帶著刺骨的冰冷。

「妳怎麼跟我家那位一個德行，我倒是覺得這裡挺好的，完美！」張巧玲笑著去撓她的腰，夜雨欣笑呵呵地躲避著，沒有再多話。以完全沒有科學根據的感覺來打擊別人的快樂，她還沒這種惡趣味。

「看累了，我去弄些水果拼盤來。」張巧玲的閨蜜凡夢站起身，朝客廳一角的開放式廚房走去。

「冰箱裡有時令水果，說起來，附近市場的水果真的超級便宜呢。」張巧玲的眼神落在電視上，沒有移開。

閨蜜拉開冰箱，拿了幾顆水果出來，準備找刀切開。突然，一聲金屬碰撞的聲音刺耳地迴盪在房間中，緊接著便是閨蜜的慘叫。

屋裡的人嚇了一跳，連忙轉過去看發生了什麼事。只見凡夢跌坐在地上，一把鋒利尖刀正落在地板上，位置正巧是她的雙腿之間。刀的尖端穿透了女孩右腿的黑絲襪，刺進了肉裡。殷紅的血緩緩流出來，將地板染成一片猩紅。

大家真的被嚇到了，張巧玲手忙腳亂地去拿急救箱中的繃帶。其餘人圍著閨蜜不停地問，還有女孩試圖將已經插進肉中的尖刀扯出來。

夜雨欣也嚇得不輕，她怔怔地抬頭看開放式廚房，刀落下來的位置。房子的裝潢風格偏西式，鍋碗瓢盆和刀具都懸掛在操作臺上方，固定得很牢，也用特殊設計的金屬掛鉤掛住了。就算遇到大風也不應該會有脫鉤的意外，何況房間緊閉著，哪來的風？

受傷的凡夢在不停地叫，整個人已經被嚇慌了。她坐在地上不敢動，尖銳刺耳的慘嚎聲聽得人心煩意亂。

夜雨欣不動聲色的繼續觀察著事件發生的現場。她覺得很奇怪，尖銳菜刀掉落得有些詭異。特別是掛鉤，一點壞掉和脫落的痕跡都沒有，以掛鉤上的弧度，不論怎麼判斷也不可能讓菜刀掉下來。

更何況，最怪異的是，就算菜刀掉下來了，也不應該直接掉到地板上。以掉落軌跡判斷，應該是先撞到操作臺，如果還有餘力的話，才會反彈在地。可現在的狀況卻是很難理解。菜刀不但完全違反了地心引力，掉落軌跡偏離了直線不說，就連力量也遠遠超過了一把菜刀應該有的程度。

因為她看到有女孩去扯菜刀把手，居然沒有一把扯起來。這只能說明一件事，菜刀不止刺透了人的血肉，還深深地刺進了地板中。

這怎麼可能！房間裡鋪的是強化木地板，就算用刀使勁兒的往裡戳，以普通人的力氣，也就在木地板的表面留下一個凹槽而已。以物理公式判斷，夜雨欣的腦袋中迅速地計算出，速度、力量與高度之間需要的等量代換。

刀要順利刺入強化木地板，至少需要十五公尺高。她再次抬頭望向天花板，掛鉤固定的菜刀，離地面不過一點五公尺罷了，越想越覺得很怪！

在幾個女孩的努力下，刀終於順利拔出來了。張巧玲檢查了閨蜜的傷口，幸好只是刮破了一層皮，受傷不嚴重。她幫凡夢包紮好，再三道歉後，讓男友將她送去醫院。

有人受傷，剩下的人也沒了興致，沒有繼續玩下去的念頭，大家也就各自回家了。

夜雨欣帶著滿腹疑惑地離開。整間房間裡最終只留下了張巧玲這個女主人簡單的打掃著房間。

她皺著眉頭，感到今天實在有夠敗興的。可是這個可憐的女孩絲毫沒有意識到，閨蜜受傷的意外，或許並不僅僅只是一個意外。

這不過是整個慘案開端的預兆。

恐怖的事情，才剛剛開始。

「本美女夜觀天象，掐指一算，今年雙十一必定又是一人獨過。」閨蜜凡夢坐在咖啡廳裡對張巧玲說。

每年的十一月十一日是光棍節，這所謂的光棍節也不知道是哪個屌絲想出來自嘲的。無良商家也開始亂七八糟地促銷，吸引情場不順利的光棍們去義無反顧地血拚。

「你說明明是光棍節，可那些情侶用品以及母嬰用品湊什麼熱鬧。結婚了生孩子的人算是光棍嗎！這些商家為了賺錢，真是太沒品德了！」凡夢抱怨著，用小巧的嘴唇夾住吸管，用力吸了幾口奶昔。

張巧玲有些心不在焉，她覺得閨蜜的聲音彷彿飄拂在世界之外，她的視線透過玻璃落到外界，但是視覺神經卻絲毫沒有將看到的東西傳遞進大腦中。

「算了，算了，你們這種有家室的人，是不會理解我們光棍的痛苦的。」凡夢自嘲道：「妳家的趙強，最近對妳還好吧？」

「啊，妳在說什麼？」張巧玲突然回過神，視線焦點終於落到了閨蜜身上。

「暈倒，妳該不會一直都在神遊吧？我的話一句都沒聽進去？」凡夢不滿地嘟嘴。

「抱歉，抱歉。」張巧玲雙手合十：「我一直在想事情，稍微心不在焉了。」

「想什麼事那麼出神？」一聞到八卦的味道，閨蜜頓時來了精神。

「就是我男友趙強啦，我老是覺得他有些大驚小怪，他最近越來越迷信了。」張巧玲撇撇嘴，表情很不爽。

「吵架了？」

「也不算是，就是他一些神神叨叨的觀念，我有些不太贊同。」她皺起眉頭：「妳知道我搬進那個新家已經一個月了，其實也沒什麼，我覺得挺滿意的。可趙強一天到晚說房子鬧鬼。」

「妳那房子第一天就把我傷了，現在腿上傷疤都還沒消呢。出了那麼多血，我要吃多少雞蛋才能補回來。」閨蜜小聲咕噥著，又喝了幾口奶昔。

「都說抱歉了嘛，誰知道那把刀會掉下來。最近我男友身上也發生了幾件他所謂的怪事！」張巧玲眼睛再次移開，望向了窗外。陽光透過玻璃，灑在地上，無比溫柔。可是卻令她更加的心煩意亂。

她一邊厭倦著陽光，一邊跟閨蜜講述起讓她煩心的那件事。

張巧玲跟男友一直都住得好好的。閨蜜的意外受傷只是小插曲，誰都沒有放在心上。一直都相安無事，再加上這房子確實很方便，趙強也逐漸喜歡上了這地方，再也沒有唸叨過不吉利等等的言辭。

直到一個禮拜前。

凌晨兩點過，趙強睡意朦朧中被尿意驚醒，他拉開燈去上廁所。那晚的電壓似乎有些低，燈打開後，卻散發著發黃的光芒，眼中的一切都是黃色的，乳黃色昏暗壓抑，將整個房間渲染得陰森無比。

臥室對面便是洗手間，他瞇著眼睛坐到馬桶上，尿完後正準備起身。突然一股龐大的壓力壓在了他的肩膀上，刺骨的冰冷感像是X射線掃描過似的，全身猛地起了一層雞皮疙瘩。

鬼壓床的感覺在清醒的時候出現，趙強沒辦法動彈，他覺得自己的血液快要凍結了，心臟也越跳越慢。死亡的預兆有生以來第一次那麼臨近。不知過了多久，他的手指才能稍微動彈，趙強緩緩地扭動腦袋，偶然看向鏡子。

這一看頓時毛骨悚然起來。

就著不明亮的光芒，還是能看清鏡中的一切。只見鏡子裡有一團黑影緊緊將他束縛住，那黑影恍如人形，不斷向外界散發著漆黑的煙霧。黑影類似頭部的位置，牢牢地趴伏在趙強的頭頂，他看到自己的頭髮因為某種力量的吸引，一根根的脫離地心引力，豎了起來。

黑影就這樣含著其中一根頭髮，使勁兒地吮吸著。

趙強被嚇壞了，他的心臟猛烈地跳動著，簡直要跳出了胸腔之外。他拚命掙扎，希望這只是一個噩夢。可，這終究不是夢。

過了多久，一分鐘、兩分鐘、還是一百年？直到頭頂的燈突然「嗤嗤」作響，原本昏暗的一切猛地明亮起來。趙強的眼睛裡充斥著 LED 燈揮灑出來的光粒子，整個人頓時恢復了。

再看鏡子，只有他一個人傻呆呆地穿著睡衣，滿臉驚駭地坐在馬桶上。睡褲都還沒有脫，尿液將褲子濕透，順著褲腿流到了褲腳。

趙強好不容易才緩過氣，他急促地呼吸著，掙扎著站起身想離開浴室。就在這時，頭頂不遠處一塊瓷磚毫無預兆的脫落了，掉在了地面上，一邊發出刺耳的響聲，一邊摔得粉碎。

他嚇得一動都不敢動，懵懵地站在原地。就只差零點一公分，趙強的腦袋就會被瓷磚砸到，如果砸實了，至少也要在醫院裡躺幾個月，甚至有可能變植物人。

巨大的響聲將酣睡的張巧玲驚醒，她見身旁沒人，連忙朝發出聲音的位置跑去。自己的男友依舊呆愣地站著，褲子濕答答的還在不停的流水，手足無措，臉孔發白。眼看就要恐懼地暈過去了！

「之後，趙強就一口咬定房間鬧鬼，勸我搬走。現在連回家都不敢，找藉口加班，甚至每晚都睡在公司的辦公室。」張巧玲嘆了口氣，「妳說這世界上哪可能有鬼，我一個女孩子都不怕。何況我都住一個月了，什麼屁靈異事件也沒有發生過。」

「應該，算是靈異事件吧。」凡夢沉默了一下，用手指指著自己，「我第一天去妳家就受傷了。妳男友也差點被掉落的瓷磚砸中，變成植物人。」

「我覺得他是想法有問題。瓷磚掉下來是裝潢公司偷工減料，房東已經答應幫我們補上去了。」張巧玲眨巴著眼睛，憤憤道：「而且房租已經預先繳了一年，房東當初就說不會退的。大家都是薪水階層，怎麼可能說走就走。繳的錢說不要就不要，還不心痛死我。」

「唉，妳這傢伙，真不知道該怎麼說。」凡夢確實不知道該怎麼評價自己的閨蜜，她跟張巧玲與趙強國中就認識了，十多年的交情。有時候張巧玲膽小敏感，可是一牽涉到節省，閨蜜就膽大到可以跑去住墓地。

她是鐵齒的真的什麼都不怕。

「親愛的，我約妳出來就是想請妳幫我勸勸趙強。我們就住一年，一年過了就搬！」張巧玲摸著自己柔順的頭髮，「怎麼說都不能把錢浪費對吧。」

「好啦，好啦，我盡力吧。」凡夢苦笑連連：「你們兩個的事情，我真的懶得攙和。」

「謝了，就知道妳最好了。」張巧玲笑嘻嘻的道謝，「改天請妳吃飯。」

「要吃外邊吃，在妳家受過傷，我心靈還有陰影呢。」凡夢連忙說。

「切，一點都不知道節省，外邊吃多貴啊。」張巧玲撇著嘴，她們又八卦了一會兒，之後便各自回家了。

凡夢不知怎麼勸說趙強的，當晚男友就回來了。張巧玲竊喜了很久。時間一天一天的過去，本以為會平穩安詳地將這一年租期度過。可沒過多久，難以解釋的事情，又發生了！

人類總覺得荒野是危險的，充斥著各種各樣的不穩定以及不可預見的因素。為了抵禦寒冷、野獸、暴雨和冰雹等等各種各樣的大自然危害，人類修建起了房屋。

房屋是家庭的基體，房屋就是每個人生存的寄託，在自己的家裡避開外界一切干擾，和自己的親人享受著自在的生活。

每個人都覺得，自己的家永遠是最安全的地方。

可事實，真是如此嗎？

至少張巧玲的男友趙強，就不這麼認為。趙強總是感到這間租來的房子陰森森的，毫無生氣。明亮的燈光掩蓋不住夜晚來臨後的壓抑和難以形容的恐懼。

可張巧玲卻什麼都察覺不到，只是對自己男友的神經質和迷信感到厭煩。又過了一個禮拜，怪事倒再沒發生過。趙強嘴裡沒說什麼，但明顯還是不太願意一個人待家裡。在家中開了幾次聚會，大家玩得都很盡性。

「你看，我就說什麼問題都沒有吧。」張巧玲得意洋洋地送走朋友，對男友說。

趙強嘆了口氣，沒開腔。

「明天我媽媽要從老家過來看我們，你如果下班得早，就多買點菜。」張巧玲一邊將門反鎖，一邊又說道：「我剛滿一歲的小侄女也會過來玩幾天。」

「房子這麼小，她們住哪啊？」男友不爽地問。

「我們三個睡床，你就委屈一下住幾天沙發嘛。你最好了！」張巧玲笑嘻嘻地親了他一口。

趙強撓撓頭，「住幾天？」

「最多三天。」她雙手合十，哀求道：「我媽手藝超好，你有口福了！」

趙強連連苦笑，自己未來的丈母娘廚藝確實不錯，可是嘴巴很厲害，得理不饒人。

他可受不了。

第二天下午，夕陽西斜時，他按著女友給的清單買了許多菜回來。將蔬菜肉類放進冰箱，然後洗了個熱水澡。等他圍著浴巾走出浴室時，突然看到冰箱的門敞開著，剛買來的蔬果掉落了一地。

趙強眨了眨眼睛，咕噥道：「房東買的二手家電真不是東西，連冰箱門的磁鐵都快失效了。」

他將地上的蔬菜重新放好，躺到床上用手機看小說。明天是禮拜六，可以稍微睡個懶覺，不過未來的丈母娘來了，估計耳根子又清靜不了了。趙強一邊感覺鬱悶，一邊為手機上文章的搞笑而笑個不停。不知不覺，窗外暗了下來。沒開燈的房間一片漆黑，整個房中就只剩下他手機幽綠的光以及不時傳來的笑。

窗外的燈紅酒綠被厚厚的窗簾牢牢隔開，窗戶阻擋了聲音的傳入，房裡顯得無比寂靜。

「還沒六點，天就黑成這樣。現在的氣候越來越不正常了。」趙強微微仰起頭，剛才還有光線時還好，現在猛地黑了，他實在有些害怕。

正當他準備去按下客廳燈的開關時，突然，從冰箱位置傳來了「嘩啦啦」的響聲。趙強嚇了一跳，他急忙坐起來，朝聲音的來源張望。

居然是冰箱裡的門再次開了，蔬菜瓜果又一次掉了一地。

「這是怎麼搞的！」趙強走過去將東西裝好，他百思不得其解。雖然冰箱確實是二手貨，可出現這種問題，還真是第一次。趙強找來一把凳子放在冰箱前，又在凳子上擺放了一個旅行箱將門堵住，然後拍了拍手，「小樣，我看你這次還怎麼蹦出來！」

拿起手機，準備打給自己的女友問問情況，可電話卻怎麼都撥不通。趙強挫敗地搖了搖頭，張巧玲大概正陪著自己的母親遊玩，鬼才知道她們什麼時候回來。要不要簡單地做些飯菜呢？

趙強看了一眼開放式廚房，剛走了幾步，不知何時，房間裡突然變冷了起來。刺骨的寒意刺得他不停地發抖。趙強用手抱住自己胳膊，緊了緊身上的睡衣。可單薄的睡衣根本沒辦法遮擋突如其來的寒冷。他在不停顫抖，不斷地滋生出大量的雞皮疙瘩。

猛地，背後傳來「吱呀」一聲，然後便是旅行箱掉落地上以及凳子倒下的聲音。

趙強整個人都愣住了，他發覺那個冰箱有些不對勁兒，絕對不是門爛掉那麼簡單。

莫名的恐怖感席捲了他的感官神經，趙強頭皮發麻，只感覺原本就很陌生的房間充斥著一股詭異的氣息。他拚命壓抑著恐懼，回過頭去看了一眼。

只見地上一片狼藉，冰箱裡的東西全都掉了出來。彷彿被一雙無形的手拿出來故意丟在地上似地。今天晚上買來的大白菜和蘿蔔甚至滾到了他的腳邊。

不知為何，趙強突然明白了不對勁兒的來源究竟是什麼。房子有問題，他再一次確定了，這個房子絕對有問題。

可是，對他而言，一切都已經太晚了！

而對此，他的女友根本一無所知。

今天一早張巧玲就請假去機場接母親，陪著老媽和小侄女在這個熟悉又陌生的城市玩了一整天。下午六點，開門後居然不見趙強的身影。家裡空蕩蕩的，廚房也是冷鍋冷灶。

「趙強！」房間本就不大，張巧玲在屋子裡喊了幾聲，她的聲音迴盪在四面八方。沒有人回應。但家中確實有人回來過的痕跡。因為叫男友買回來的菜，好好地擺放在開放式廚房的操作臺上，甚至就連冰箱的門，都敞開著。

「你那沒出息的窮男友跑哪去了？」老媽瞥了一眼廚房，又在房間中掃視了幾眼：「還沒存夠買房子的錢？你們什麼時候才能搬進自己的房子裡去！」

「快了，快了。」張巧玲敷衍道：「您別瞎操心。我跟我男友過得可好了，現在租房住也挺幸福的。」

「自己的窩都沒有，能幸福到哪去！」老媽咕噥著，將一歲的侄女放在沙發上，然後去了趟洗手間。

剛走到洗手間大門口，老媽就驚訝地叫了一聲：「巧玲，妳家廁所怎麼了？」

張巧玲有些奇怪，租屋的廁所小是小了點，但裝潢得很別致，不應該讓自己的母親那麼大驚小怪的。她幾步走過去，探頭看了一眼，整個人頓時就驚呆了。

只見廁所中一片狼藉，玻璃門周圍電鍍的銀色鑲邊不知為何變得鏽跡斑斑，紅色的鏽彷彿殷暗的血。四面牆上，黑白間隔的馬賽克瓷磚，居然全都從牆壁上脫落，掉在了地上摔得粉碎，每一片都如此。牆面只剩下灰蒙蒙的包漿和黑漆漆的防水層，看得人心驚膽戰。

瓷磚碎片滿地都是，跌落時將洗漱用品和化妝品也砸到了地上。瓶子裡的液體四處流溢，黏黏的，很噁心。

「這，這究竟是怎麼回事？」張巧玲愣了許久才回過神來：「牆磚的品質要有多差，才會全部脫落下來？我從沒聽說過這種事！」

「不會是妳男友打掃的時候，不小心弄成這樣的吧？」母親揶揄道。

「老媽，您說他要怎麼打掃，才能將牆磚都給扒下來？」張巧玲瞪了母親一眼，氣憤地撥打趙強的手機。

可不管她怎麼打，電話中只有乾巴巴的電腦語音，提示著此使用者已關機。

「奇怪了，他怎麼把電話也給關了。」張巧玲苦笑不已，她老媽倒是挺冷靜的，直接到了廚房就著操作臺上的食材做起了晚餐。

簡單地吃了晚飯，三人坐在客廳裡看電視。直到晚上十一點半，趙強依舊沒有回家。

「他今晚應該不會回來了。」老媽鬱悶道：「他不是故意在躲我吧？」

「您想多了！」張巧玲臉部抽搐了幾下：「他躲妳幹麼？」

「我這人嘴巴有些臭，這點自己還是有自知之明的。」母親反省道：「要不再多打幾通電話？」

「不用了，剛剛打過，還是關機。」張巧玲揉了揉太陽穴，起身將大門反鎖好：「晚了，我們睡吧，別管他了。」

老媽有些擔心，但看自己的女兒那麼堅決，終究還是嘆息一聲後，在浴室裡為自己和侄女洗漱一番，上了床。

燈全關了，黑暗流淌在房間的每一個角落。漆黑的浴室髒亂狼狽，恍如異世。地面上破碎的建材突然抖了一下，大塊的牆磚猛地哆嗦著，被一股無形的力量擠壓得粉碎。

夜低沉，令人恐懼的壓抑感從浴室流竄出來，像有著嗅覺似的，逐漸朝著臥室中的那張床緩緩、緩緩地，爬了過去。

時鐘的指標吞吞地轉了一圈又一圈，終於停在了凌晨兩點。就在這時，原本還睡得很乖巧的侄女，毫無預兆地睜開眼睛。她烏黑無瑕的眼珠玻璃似的盯著房間的一角，然後撕心裂肺地大哭起來。

母親和張巧玲被吵醒，在黑暗裡睡意迷糊地看向小侄女。

4

張巧玲下床將燈打開，光明驅散了黑色，可是小侄女依舊哭鬧不止。母親又是哄又是搖，使出了渾身解數。本該鬧夠的小侄女卻絲毫沒有停歇的徵兆，哭聲更急躁了。

「她怎麼了？」張巧玲被吵得頭昏腦脹。

「我也不知道，從來沒有遇過這種情況。平時她很乖的，不哭不鬧，吃了就睡。」母親將小侄女抱在懷裡搖了又搖，一歲的小侄女瞪著眼，不論將她移動到房屋的哪個方向，眼睛都始終看著寢室的門口。

「老媽，她好像在看什麼！」張巧玲打了個哆嗦，她覺得小侄女的眼神邪得很，令人毛骨悚然。

母親也有些頭皮發麻，「她一直看著門，也不知道在看什麼。」

沒錯，寢室門半開半合著，留著一道縫隙。屋內的光順著門縫透出去，如同刀子一般將外界的黑暗割成了兩半。任憑張巧玲怎麼看，都看不出有什麼異常。但小侄女的眼睛，仍舊直勾勾的看著那方位，門就像漩渦，吸引了她全部的注意力。

「怪可怕的。」張巧玲走上前將門關嚴實。她皺著眉頭，大為奇怪。自己睡前明明是有把門反鎖的，這是常年的習慣。門怎麼突然打開了？誰打開的？

「媽，妳上廁所回來沒關門嗎？」她有些在意。

「我壓根就沒上過廁所。」老媽繼續哄著侄女，說來也怪，關了門後，小侄女哭聲就逐漸小了下去。視線也收了回來，不久後打著哈欠又睡著了。

母女倆同時鬆了口氣，縮回床上繼續休息。

不知過了多久，一聲刺耳的哭鬧再次響徹整個房間。

「又怎麼了？」張巧玲火氣十足地爬起床開燈。她簡直快要被身旁躺著的死小孩折騰到瘋掉了。

「平時她不是這樣的，可能是不習慣這裡的環境。」老媽也有些手足無措。這次小侄女的哭喊就再也沒間隙、也根本沒停歇。尖銳地叫，慘痛劇烈，驚擾得教人難以適從。

這一次老媽也不知道該怎麼哄了，足足哭了半個小時，小侄女哭聲沙啞，就連白白胖胖的小臉蛋都憋得通紅，怎麼看怎麼覺得不正常，帶著病態和歇斯底里。

「會不會是病了？」張巧玲摸了摸她的額頭，不燙，甚至可以說有些涼手。她吃了一驚：「怎麼這麼冷？」

「不應該這麼冷啊，這得的什麼病？」母親也摸了摸，冰冷刺骨的感覺從嬰兒潤滑的皮膚傳遞到手指上，頓時爬進了她的心口。老媽顫抖了幾下，只感覺全身都起了一層雞皮疙瘩。

「不對勁兒，絕對不對勁兒。妳這房子是不是有問題？」老媽寒毛直豎，緊抱著越來越冷的小侄女，用顫抖的語氣問。

「怎麼可能。算了，別管那麼多，我馬上打電話叫救護車。」張巧玲急忙掏出手機。

「別忙，先給老家的趙半仙掛個電話。妳五歲的時候中邪了，就是他幫妳喚魂的。」老媽突然想到了什麼，也開始掏手機。

「媽，都什麼時代了，妳還這麼迷信！」張巧玲實在很無言。她搞不明白現在明明科技如此發達了，怎麼還有那麼多人相信鬼鬼神神的存在。自己的男友是、自己的閨蜜是，就連自己的老媽也如此。

老媽急切地撥通電話，那個她基本上沒有印象的趙半仙聽了情況後，沉默了片刻，用凝重的語氣道：「恐怕是中邪了。嬰兒單純，最容易看到成年人看不到的世界。妳手裡有觀音、菩薩或者金銀玉器等等東西嗎？放在手心裡，吐一點口水，貼在嬰兒的額頭上。要快，不然陰氣進了小孩的身體，就沒救了！」

母親大驚，連忙伸出右手，嘴巴蠕動了幾下，一口口水吐在了小侄女的額頭上。然後急切地轉頭問張巧玲：「妳有沒有金銀玉器？」

自己女兒是什麼德行，作母親的清楚得很。觀音菩薩什麼的，這個家裡肯定是沒有的。

「有一個玉貔貅掛飾，可，您真相信那個趙老瞎子的話？」張巧玲不情不願地嘀咕著。

「快點拿過來，妳要眼看著自己的侄女死掉嗎？」老媽吼道：「妳小時候還不是這樣治好的。當初送妳到醫院的時候，已經快要斷氣了。人家趙半仙叫了三天三夜的魂，才把妳叫回來。」

「那是我運氣好，有個迷信老媽，自己活這麼大真不容易。」張巧玲心想自己已經叫了救護車，該做的也做了，現在恐怕也只能任由老媽先折騰了。

她將玉貔貅拿出來放在母親手裡，老媽又是一口口水吐上去，然後將玉緊緊貼在小侄女的額頭上。張巧玲覺得很噁心，可就在這時，令人目瞪口呆的事情發生了。

猛地，一股白色的煙氣毫無預兆地從小侄女額頭與玉石接觸的地方冒了出來。白霧如同水蒸氣，「唰」的一下就衝入了空氣裡，迅速消散在空氣中。

玉石周圍的口水彷彿沸騰了似的，翻滾著化為霧氣，耳畔甚至還伴隨著水遇到高溫才會響起的「嗤嗤」聲。

這，這究竟是怎麼回事？簡直是太不科學了！

張巧玲不敢相信自己的眼睛，可超越她常識的現象就發生在她眼皮子底下，她試著用掌握的知識去分析解釋，但是越分析越糊塗。

難道玉貔貅和母親的口水產生了化學反應？又或者侄女身體太冷，遇到溫的口水，蒸發了？

不用別人判斷，她自己都清楚這兩種似是而非的解釋是在扯淡。

母親塗在小侄女額頭上的口水蒸發殆盡，讓她驚訝的是，玉貔貅如同被火上烤過，熱得燙手。但是嬰兒居然真的就這樣安靜了下來，伸了個懶腰後，咬著手指熟睡了。

就如同什麼事都沒發生過，體溫正常，模樣恬靜。

老媽這才抽空看了看四周，臉色徒然蒼白起來，「妳剛剛有上廁所？」

「沒有。」張巧玲不停地搖頭。

「那為什麼臥室門又打開了？」

說完兩人對視一眼，猛地打了個寒顫。張巧玲顫抖著起身，從床頭櫃裡找出一把水果刀，緩慢朝門的方向走去。門為什麼會打開？她記得很清楚，明明自己關牢反鎖好了的。難道是男友回來過，看見裡邊有人睡覺便沒有進來？

因為只有他才有大門鑰匙，也清楚臥室門鑰匙藏在客廳的哪裡。

張巧玲感覺一股寒意不斷地從腳底竄上背脊，她真的有些怕了。

「趙強。」將頭湊到縫隙邊上，試著往外看了一眼，漆黑一片。窗外的霓虹無法帶給客廳任何的可視光源，更看不到客廳中的狀況。她叫了男友的名字，沒人回應。

於是張巧玲「啪」的一聲將門關牢，再推來梳粧臺死死地將其抵住。

「老媽，我要不要報警？」她用帶著哭腔的嗓音，無措地問。

「傻孩子，又不是遭小偷，妳報警沒用。」老媽摸了摸她的腦袋。

張巧玲道：「沒有小偷門怎麼會自己開？我確定肯定不是趙強回來了。話說，這王八蛋去了哪，明明讓他早點回家的，他居然又是關電話，又是搞失蹤。」

「這房子有古怪，巧玲，我看妳還是早點搬走吧。」母親渾身都不舒服，完全沒有了睡意，「乾脆，明天就搬。」

「可我已經繳了一年的房租了，退房房租可不會退。」張巧玲搖頭。

「妳還是這麼死腦筋，房租老娘替妳出了。」老媽用手指狠狠敲了她的腦袋。

「這不是錢不錢的問題，是原則。」

「原則妳個大頭鬼，給我明天就搬走。」看著女兒沮喪恐懼的模樣，母親嘆了口氣，「我知道妳不迷信，可有些東西不是什麼都能解釋清楚的。例如風水學上常講的陰宅，住在裡邊久了，就會死人。」

說著說著，母親越發地覺得這裡陰冷無比、壓抑窒息，「說起來，這地方肯定就是一處陰宅。」

「老媽，妳怎麼跟趙強一樣，就差說這兒鬧鬼了。」張巧玲一邊抗議，一邊躲進被子裡。厚厚的蠶絲被沒帶給她一絲溫暖，只感覺冷，無比的冷意彷彿能刺穿皮膚，直達血液深處。

她鐵齒的性格，居然開始有些動搖了。

就這樣熬到了早晨七點，當天際的第一絲陽光從窗戶射入屋內時，這對徹夜未眠的母女才鬆了口氣。她們抱著小侄女推開了臥室的門。

客廳中的狀況讓她們簡直驚呆了。

只見屋裡的一切彷彿被颱風掃過，小東西掉落在地上，檔案夾灑得到處都是。大點的家具也沒有倖免，沙發翻了過來，Led電視摔在地上，螢幕玻璃摔出了好幾個網狀裂縫。

餐桌的桌角全斷掉了，椅子也歪歪斜斜的傾靠在餐桌的殘體旁。冰箱的三道門都敞開著，冰化為水，流得滿地板都是。裡邊的剩菜剩飯如同被某種小動物翻出來，雖然沒有啃咬過的痕跡，但卻弄得一大塊地方油膩膩的，很噁心。

「老媽，昨晚明明有小偷。都把家裡翻成這樣了！」張巧玲臉色十分糟糕，家具基本都毀了，自己不知道要賠成什麼樣。

母親撇撇嘴，「妳自己看清楚，門窗根本就沒有撬開過的痕跡，小偷怎麼進來的？還有，妳有什麼值錢的東西丟了嗎？」

她張嘴，卻什麼話都沒有說出來。自己放在客廳的紅色筆記型電腦以及IPAD雖然也掉在了地上，可並沒有被偷走。哪有小偷會放過筆記型電腦的？但家裡究竟是怎麼了？說起來，自己一整晚沒睡覺，也沒聽到任何聲音透入臥室。

能將房子弄成這副一片狼藉的模樣，怎麼可能不發出一絲一毫的聲音？太不科學了！

「換衣服出去吧，樓下就有房產仲介，我先幫妳找到房子。妳晚上寧願住酒店，也別住這裡了。」

張巧玲無奈地點點頭，她收拾了幾件衣服，跟著老媽出了門。母親幫她重新找了房子，千叮嚀萬囑咐她千萬不要再回去，搬家的話讓搬家公司自己去。

她點著頭，不由得又惦記起了自己的男友。本來到這個城市想跟自己待幾天的老媽完全沒有了興致，當天晚上就坐飛機返回老家。張巧玲一直打電話找趙強。

閨蜜凡夢那兒沒有他的消息，其餘的幾個豬朋狗友也不知道他去了哪裡。男友完全像是人間蒸發似的，再也沒了蹤跡。

# 尾聲

張巧玲心中有股不祥的預感，她聯想到了房子裡昨晚發生的怪事。會不會，跟男友的失蹤有關呢？她越想越覺得有可能，送走母親和小侄女後，夜幕再次籠罩了這個城市。她在附近的酒店開了一個房間，翻來覆去地睡不著。

輾轉反側到十一點過，放在一旁充電的手機猛的響起了熟悉的鈴聲。那是她特意為男友做的個性鈴聲。張巧玲連忙接通，只聽見一陣刺耳噪音「吱吱」的在耳畔不停地污染耳朵，間或夾雜著尖叫和沙啞的低語。

「阿強，是你嗎？」張巧玲連忙衝電話喊道。

「巧玲，快來救我。」手機那一邊傳來了男友粗重、短促、上氣不接下氣的話語。

張巧玲嚇了一跳，「你在哪？」

「我在房間裡。」短短五個字，趙強結巴了足足有一分半鐘：「快來救我。」

「行，阿強，你等等，我馬上就來。」張巧玲被感情衝昏了頭腦，她衣服也來不及換，隨手拿了手提包就衝出了酒店。坐計程車回到租屋，掏出鑰匙準備開門，可手一碰到大門，門卻自己開了。

屋裡漆黑一片，什麼都看不到。

「趙強！」女孩踏入門內，試圖開燈。客廳的燈沒有亮，黑暗吞噬了一切，也吞噬了她的聲音。陰冷衝斥房間裡的所有角落，她冷得不斷顫抖。

趙強，似乎並不在房間中。

突然，電話鈴聲又急促的響了起來。張巧玲心臟猛地一跳，看也沒看的接通。話筒裡傳來了一個女孩的聲音。

「喂喂，巧玲嗎？我是夜雨欣。」女孩的聲音本來很柔軟好聽，但現在卻十分焦急，「那間房子妳千萬別進去，房子有問題。我有個表哥叫夜不語，也跟妳講過他的事，他對這些東西挺有研究的。最近我老覺得妳的新家不對勁兒，所以讓他替我查了查。沒想到一查就查出了非常可怕的結果。每一家住進去的人不是死了，就是失蹤了。記住，千萬別再回去……」

「恐怕，已經晚了。」張巧玲滿嘴苦笑，毛骨悚然的冷將她冰凍在原地。窗外的霓虹無法借給屋裡任何可視光，房子中的一切都帶著無邊的陰影。那些陰影活著，在黑暗中四處流動著，鋪天蓋地的向她撲了過來。

沒有光，卻能看到影，真是古怪。

這是張巧玲的最後一個念頭。

□

一個月後，夜雨欣陪著凡夢來房子裡收拾張巧玲和趙強的物品，準備打包寄回給兩人的父母。失蹤的他們始終沒有被找到，警方也說事情很蹊蹺，但破案的可能性微乎其微。

夜雨欣坐在客廳，看凡夢熟練地將屬於閨蜜的東西收攏。突然，一股陰冷的感覺刺入了皮膚，她猛的朝房間右側的陽臺看過去，可卻什麼也沒有看到。

但陰冷的感覺卻猛地增加了許多，似乎有某種超自然的力量在緩緩地靠近兩人。夜雨欣坐立不安地連忙將凡夢拉了出去。

說來也怪，出門後，冷意全無。

這房子，恐怕比想像中更加的可怕！

表妹夜雨欣之後將情況又元元本本的告訴了我一次，可我也沒有太多的頭緒。或許，那地方真的就是風水學上的禁忌——陰宅吧。

沒有任何理由，只要住進去，就會置人於死地。

據說那間一房一廳的房子仍舊在出租著，下一個租下它的，會不會就是你呢？

*The End*

夜不語作品 19

夜不語詭秘檔案 107：風水（下）

國家圖書館出版品預行編目資料

夜不語詭秘檔案107：風水（下） ／夜不語 著.
一 初版. 一 臺北市：春天出版國際， 2017.08
面； 公分. 一（夜不語作品；19）
ISBN 978-986-95201-1-9（平裝）
857.7 106010316


ISBN 978-986-95201-1-9
Printed in Taiwan

作者 夜不語
封面繪圖 Kanariya
總編輯 莊宜勳
主編 鍾靈
美術設計 三石設計

出版者 春天出版國際文化有限公司
地址 台北市信義區信義路四段458號3樓
電話 02-7718-0898
傳真 02-7718-2388
E-mail story@bookspring.com.tw
網址 http://www.bookspring.com.tw
部落格 http://blog.pixnet.net/bookspring
郵政帳號 19705538
戶名 春天出版國際文化有限公司
法律顧問 蕭顯忠律師事務所
出版日期 二〇一七年八月初版
定價 170元

總經銷 楨德圖書事業有限公司
地址 新北市新店區寶興路45巷6弄6號5樓
電話 02-8919-3186
傳真 02-8914-5524

夜不語

詭秘檔案

夜不語
詭秘檔案

夜不語

詭秘檔案

夜不語
詭秘檔案